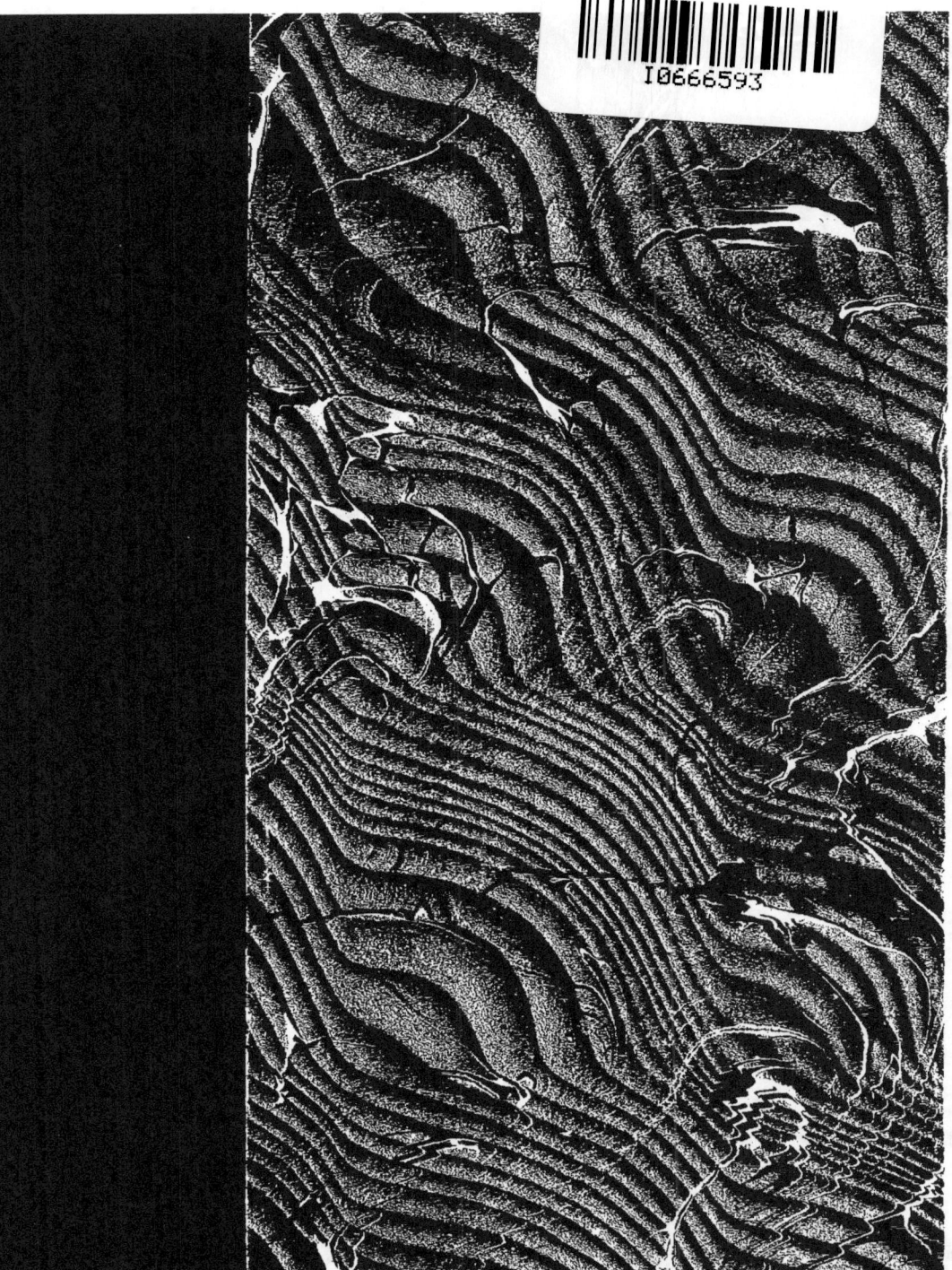

ILLUSTRATIONS DE L. FRŒLICH

LE
CHEMIN GLISSANT

PAR

P.-J. STAHL

D'APRÈS MARKO WOWZOCK

J. Mévice. sc.

PETITE BIBLIOTHÈQUE BLANCHE

ÉDUCATION ET RÉCRÉATION

J. HETZEL ET Cⁱᵉ, 18, RUE JACOB

PARIS

LE

CHEMIN GLISSANT

2 52

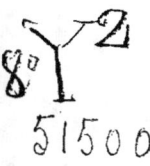

TYPOGRAPHIE FIRMIN-DIDOT ET Cie. — MESNIL (EURE).

LE CHEMIN GLISSANT.

LE
CHEMIN GLISSANT

PAR
P. J. STAHL

D'APRÈS MARKO WOWZOCK

PETITE BIBLIOTHÈQUE BLANCHE

ÉDUCATION ET RÉCRÉATION

J. HETZEL ET Cᴵᴱ, 18, RUE JACOB

PARIS

LE
CHEMIN GLISSANT

CHAPITRE PREMIER

Si quelque jardin rappela jamais le paradis, ce fut sans
doute celui dont je vais vous parler. De grands et vieux
arbres et de jolis arbustes, un verger plein de fruits et des

parterres pleins de fleurs, une grande pelouse et des bosquets charmants, enfin un petit lac, et tout au bout, comme un bois, c'est-à-dire le soleil ou l'ombre, la fête des yeux ou le repos de l'esprit, rien n'y manquait.

Ce jardin était si embaumé et si frais, la brise, dès l'entrée, vous y caressait si doucement; le gazouillement des oiseaux vous y apportait une si aimable gaieté, que tout de suite on se disait :

« Il doit faire bon de vivre dans ce jardin; s'il était à moi, je n'en voudrais jamais sortir. »

On y entendait aussi, de-ci de-là, des voix humaines, des voix joyeuses et jeunes, éclatant du milieu des taillis, et encore, venant on ne savait d'où, comme un bruit de portes qui s'ouvraient et se fermaient dans quelque maison invisible. Tout cela donnait à penser que ce jardin n'était pas un désert et que bien au contraire il devait être habité par d'aimables gens; mais où était leur demeure? Elle était si bien cachée, que les yeux ne l'apercevaient pas.

Tout à coup un beau petit garçon apparut sur la pelouse, écartant de ses bras impatients les branches qui lui faisaient obstacle et criant à une personne restée en arrière de lui :

« Oui, mère chérie, je vais me promener. Oui, je vais m'amuser dans le jardin. Sois tranquille, je serai sage. »

Ce bel enfant semblait avoir neuf ans tout au plus. Il avait les yeux brillants comme des étoiles, les joues roses, des cheveux châtains et une bouche vermeille comme une fleur d'églantier.

SOIS TRANQUILLE, JE SERAI SAGE (Page 8).

Rien qu'à jeter un regard sur sa toilette bien ordonnée, ses cheveux bien lissés et bien peignés que le vent et la course n'avaient pas encore eu le temps d'ébouriffer, on devinait que des mains tendres et attentives venaient de le faire beau et de le parer.

A le voir, l'air si content et si éveillé, courant, sautant, et chantant, on l'aurait cru l'enfant le plus heureux du monde, le petit Henri, et pourtant il n'en était rien.

A mesure qu'il s'éloignait, l'enfant devenait plus pensif, et son chant perdait peu à peu ses notes joyeuses. Il marchait toujours cependant, mais son regard semblait s'attrister. L'allée qu'il avait prise devenait à chaque pas plus ombreuse, les arbres et les arbustes étaient plus touffus, plus épais ; à chaque détour le chemin se faisait plus étroit. Déjà l'œil vigilant et l'oreille inquiète de sa mère ne pouvaient plus l'y suivre. N'ayant plus besoin de cacher sa tristesse, il la laissait percer.

Enfin, il arriva tout au fond du petit bois. Là, le soleil ne pénétrait qu'à peine, et on ne le devinait plus qu'aux petites étincelles d'or qui perçaient par-ci par-là à travers le feuillage agité des arbres.

Tout était silence et recueillement sous la voûte des branches entre-croisées.

Quoique bien faible fût devenue sa voix, jusqu'à l'entrée du bois l'enfant avait chanté encore ; mais là, son chant expira tout à fait, il devint muet, et ses traits se contractèrent comme s'il eût été en proie à quelque mortel souci.

Il s'efforçait visiblement de secouer l'idée sombre qui l'avait poursuivi et de reprendre la gaieté et l'insouciance de son âge.

Les yeux levés, il se donnait bien l'air de chercher quelque chose à la cime des arbres, des nids peut-être; il se baissa même deux ou trois fois pour voir de plus près des fleurs de fraisier qui se détachaient sur la mousse épaisse et promettaient des douceurs prochaines, mais son esprit n'était pas à tout cela.

Pour donner un cours moins triste à ses idées. il se mit à penser à une petite cousine qu'il ne connaissait pas encore, dont sa mère lui avait dit merveille et dont une lettre reçue le matin avait annoncé l'arrivée pour la fin de la semaine, il se dit que le temps des vacances de cette petite compagne qui lui était promise passerait, et qu'à son tour, dans quelques mois, il partirait pour s'en aller loin, bien loin du doux jardin et de la demeure où il était né, étudier, travailler dans une grande pension, afin de devenir un homme instruit et capable de faire son chemin dans le monde.

Une fois devant cette éventualité du départ, sa pensée fit de grands pas et le transporta vers la contrée inconnue où se trouvait la grande pension.

Il se dit qu'il n'y rencontrerait sans doute que des visages *étrangers*.

Ce mot l'effrayait, lui qui n'avait vu jusqu'alors que des visages si *amis*.

Mais rien, rien ne put l'arracher pour tout de bon à l'idée fixe qui l'obsédait. Il avait beau faire, toujours l'idée noire revenait, le mordant au cœur sans relâche.

Il en était ainsi toutes les fois qu'Henri se trouvait seul ; trop heureux si jusque dans les bras de sa mère l'idée, toujours la même, ne reprenait pas, en dépit de tout, possession de son cerveau. Oui, quand la mère d'Henri prenait son cher enfant sur ses genoux pour le caresser et le bénir avant de le porter dans son lit, un œil averti eût pu deviner que, même sous l'abri du cœur maternel, l'idée qui faisait son tourment revenait.

Jamais pourtant son cœur ne s'était encore serré si cruellement que le jour où nous sommes, et pourtant comme tout était calme autour de lui ! Quelle paix profonde sous le couvert de ce petit bois ! Que cela eût semblé bon de n'être dans un lieu pareil qu'une fleur ou un buisson ou seulement un brin d'herbe, n'ayant d'autres soins que de fleurir, de pousser et de verdoyer avec une conscience sans reproche !

Mais décidément Henri en avait lourd comme un rocher sur le cœur, cela ne pouvait plus faire de doute, car tout à coup, son chagrin devenant le plus fort, des larmes jaillirent de ses yeux comme l'eau de la source cachée.

Il pleura longtemps, mais les pleurs qu'il versait ne le soulageaient pas. Bientôt, suffoqué par ses sanglots, il se laissa tomber sur le gazon ; là, dans un élan de chagrin, il cacha sa figure désolée entre ses mains, et il resta ainsi à pleurer en repassant dans sa mémoire les causes de sa grande peine.

Jamais on ne se laisserait aller à faire le mal, si on savait quelles douleurs il entraîne à sa suite.

La moitié d'une année s'était écoulée depuis le jour fatal où Henri s'était rendu coupable d'une grande faute, et cependant la faute était là, toute droite dans sa conscience, comme si elle avait été commise d'hier ou le matin même.

Remontons comme Henri à six mois dans le passé.

Il croyait revoir, comme il l'avait vu à cette cette date funeste, s'allumer des bougies sans nombre. Leur lumière éclairait encore le grand salon de sa tante, ce salon aux vieux meubles sculptés, aux lourdes et molles portières de tapisserie ancienne. Au milieu de cette pièce confortable, sur l'épais et vaste tapis de Smyrne, sautait, riait et babillait encore une bande d'enfants disposés à se divertir.

Les invités avaient été convoqués dès longtemps. Ils étaient arrivés de tous les points du pays. La tante Aurora avait coutume de rassembler ainsi chaque année tout ce gai petit monde quelques jours avant Noël pour célébrer cette grande fête.

C'était un jour très attendu. La tante était si bonne, si généreuse, sa maison si commode ; les pièces si grandes offraient tant de ressources pour le jeu !

Il eût été bien malheureux l'enfant que la tante Aurora eût omis d'inviter.

Encore trois jours, et le salon resplendirait. Trois jours séparaient encore les enfants du moment si désiré de la distribution des cadeaux. On ne peut pas le nier, cela paraissait horriblement long à la petite société impatiente ; ces trois jours d'attente, de l'aveu de tous, c'était les trois plus longs jours de l'année.

La tante avait beau dire que quand on peut passer trois jours à se divertir à tant de jeux, trois jours ne sont pas la mer à boire ; les petits amis se disaient que la mer serait peut-être plus tôt bue que les trois longues journées passées.

Le grand salon, la veille encore si vénérable, si calme, même un peu morne, se trouvait donc maintenant rempli de figures roses et riantes, encombré de ballons, de fusils, de sabres et de poupées, de violons et de trompes de chasse, de cymbales et de tambours.

Je n'ai pas besoin de dire que tous ces instruments jouaient à la fois, que les armes cliquetaient et que les fusils et les canons partaient tout seuls.

Certes, celui qui n'était pas sourd courait grand risque de le devenir au milieu de ce vacarme, et la bonne vieille dame Anne, la gouvernante de la maison, les mains sur ses deux oreilles, s'écriait plus d'une fois qu'assurément la jeunesse de son temps était moins tapageuse.

Il faut dire que la foule turbulente qui se trouvait dans le salon ne se divertissait peut-être pas très franchement. Les surprises attendues de la Noël gâtaient les joies présentes ; si l'on jouait, si l'on babillait à l'envi, c'était fiévreusement et comme dans le seul but de tromper l'impatience commune.

Dans le salon même se trouvait une porte dont la vue

donnait de sérieuses distractions aux plus étourdis. Ses portières avaient été mystérieusement abaissées, soigneusement rabattues par la tante.

C'était vers ces portières, gardiennes jalouses des plus riches trésors, que se tournaient tous les regards, que volaient tous les désirs.

La tante l'avait dit : là était déposée la mirifique collection des cadeaux de Noël, destinés spécialement à chacun des petits hôtes de la maison.

Mais encore trois jours, trois éternels jours avant de savoir quel lot serait celui de chacun! n'était-ce pas terrible, surtout quand on pensait qu'une simple portière de tapisserie, pas même une porte bien fermée, dérobait seule ses secrets à la vue des intéressés et que rien qu'en soulevant un pan de cette portière la curiosité de tous eût pu être si aisément satisfaite?

Mais il n'y fallait pas songer. La folle petite société avait promis solennellement à la tante qu'aucune tentative ne serait faite pour pénétrer avant l'heure dans la chambre des mystères.

Chacun était individuellement engagé d'honneur sur ce point, et, de plus, la parole de tous répondait de celle de chacun. L'engagement était sacré.

« Et si le vent ou le hasard écartait un peu les portières? demanda timidement une petite personne blonde à la figure très espiègle.

— Il faudrait alors en détourner les yeux, Nancy, dit la tante en souriant. Eh quoi! cela est-il si difficile?

ajouta-t-elle en voyant la consternation se peindre sur plusieurs physionomies.

— C'est difficile, oui, mais nous en détournerons les yeux, » répondirent fermement les plus vaillants. Et après eux, les autres, en soupirant, firent la même réponse.

« Alors c'est dit, alors c'est convenu! dit la tante. Du reste, tranquillisez-vous, les portières sont lourdes et bien closes, et elles ne s'ouvriront pas d'elles-mêmes pour vous tenter. C'est donc affaire à vous que rien ne les dérange. Je les mets sous la garde de votre honneur. Votre parole vaut mieux pour moi que des verrous. Allons, adieu, amusez-vous bien, mes enfants. »

Et la tante s'éloignant laissa le petit monde en pleine possession du grand salon.

Les pères et les mères des enfants invités, quelques vieux amis contemporains de la tante l'attendaient dans sa chambre sévère.

Dans cette chambre, l'on voyait à la place d'honneur le portrait d'un petit enfant pâle et maladif, l'unique enfant qu'eût jamais eu la pauvre tante, qui depuis longtemps déjà l'avait perdu. Depuis longtemps, non, ces douleurs-là sont toujours de la veille ; on le voyait bien quand les yeux humides de la tante se portaient sur l'image chérie de l'enfant qu'elle n'avait plus.

La tante Aurora, en souvenir de son fils, aimait à réunir autour d'elle ses petits neveux et ses petites nièces ainsi que les enfants de ses amis. Leurs jeux, leur bruit

2

même, en lui rappelant l'enfance du cher petit qu'elle avait aimé, ravivaient sa douleur sans doute, mais lui rendaient comme l'image de son Charlot.

CHAPITRE II

La petite société du grand salon était très agitée.
Comme tous étaient d'honnêtes âmes d'enfants, ils tin-
rent conseil pour aviser au moyen le plus sûr de garder
leur parole le plus religieusement possible. Il fut résolu
d'abord que par prudence on s'établirait à l'autre extrémité du salon, loin de la portière tentatrice, et qu'on ne
franchirait pas une limite, une sorte de frontière qu'on
indiqua au moyen d'une rangée de ballons figurant des
boulets de canon et des obus. Des sabres dressés d'espace en espace figuraient une garnison, et comme justement il se trouvait, au milieu des jouets déjà en posses-

sion des enfants, un superbe militaire qui, au moyen d'un
mécanisme prodigieux, relevait et abaissait son fusil
comme un vrai factionnaire, on l'avait posté en qualité
de commandant de garnison, en avant de la ligne frontière, et on lui avait donné pour lieutenant un magnifique
chien frisé qui montrait les dents et au besoin aurait aboyé
si on l'avait serré d'un peu trop près.

Ces précautions prises, on se mit à s'amuser du mieux
qu'on put ; les petits garçons simulèrent des combats, soit
à l'arme blanche, soit au canon. Ils conduisirent les esca-
drons de plomb à la bataille ; une superbe forteresse en
carton pierre fut plusieurs fois prise et reprise, et finalement démolie et rasée. Du côté des demoiselles, on trouva
de puissantes ressources contre la curiosité dans la présenta-
tion qu'on se fit mutuellement des poupées qu'on avait ap-
portées. Chacune avait des qualités et des défauts que
les petites mamans exposèrent avec le plus d'impartialité
qu'elles purent.

Ces préambules accomplis, on donna un bal à ces
pauvres poupées pour les lier plus vite entre elles. Quel-
ques-unes ayant fait des faux pas, brouillé les figures, on
les mit en pénitence, on fit de vertes réprimandes à
d'autres pour leur mauvais maintien, quelques larmes
furent versées, mais sur la promesse des coupables de se
mieux conduire à l'avenir, toutes furent pardonnées et
réintégrées dans le jeu.

Ces amusements-là avaient encore leur danger. Ils faisaient commettre involontairement des fautes aux person-

nes qui y prenaient part. Dans l'entraînement du combat, par exemple, comment mesurer ses pas, et de même pour les demoiselles dans la danse ; plus d'un vaillant soldat, plus d'une bouillante valseuse se trouvèrent emportés par l'ardeur au delà de la limite indiquée, tout près même de cette redoutable portière dont la vue seule était un péril, une tentation de tous les instants.

Quelques-uns émirent l'avis de faire des lectures et de regarder des images, en tournant absolument le dos au danger, mais ce n'était que la minorité ; les plus sages ne sont pas toujours les plus nombreux. La majorité restait impatiente et fébrile.

Enfin, d'un commun accord, il fut décidé qu'on se mettrait tous sans exception autour de la grande table, et que chacun à son tour raconterait une superbe histoire.

Quelques voix s'élevèrent, demandant qu'on racontât d'abord quelque chose d'effrayant et de terrible. C'est très amusant d'avoir peur dans les histoires. Mais d'autres s'y opposèrent :

« Non, dirent ces autres, contons-nous quelque chose de très gai, au contraire, de très drôle même, et qui nous fasse tous trop rire. »

Après bien des indécisions, un grand beau garçon de onze ans, à la tête sérieuse, au regard grave et doux, appuyant son menton dans sa main proposa de raconter quelque chose d'utile, et qui fût en même temps agréable et intéressant. Il déclara qu'on pouvait emprunter le sujet à l'histoire. L'auteur de cette proposition avait évi-

demment, par son caractère, de l'autorité sur ses camarades ; elle fut adoptée en principe. On délibéra cependant encore sur le choix à faire dans le domaine de l'histoire, car enfin il y a de tout dans l'histoire, bien des
choses belles et beaucoup de laides, des périodes amusantes
et d'autres qui ne le sont guère.

La petite sœur du futur conteur, grimpant sur ses genoux et collant sa bouche à son oreille, lui dit gentiment :
« Tu leur conteras quelque chose de l'histoire, mais à moi,
tu me conteras l'histoire tout entière, pas vrai, petit frère ?
Je n'aime pas ce qui n'est pas dit jusqu'au bout. »

Le frère sourit, répondit, : « Bon ! » et retint la petite
curieuse sur ces genoux.

« Je veux qu'on raconte qui fut le plus sage et le plus
vertueux dans l'histoire », dit gravement une petite personne si mignonne, qu'elle pouvait très bien passer pour
une de ces fées qui se promènent dans une coquille de
noix attelée de papillons. Cette proposition surprit de la
part d'une petite fille d'ordinaire si turbulente, dont les
yeux pétillaient toujours de tant de malice, et que l'on était
habitué à entendre rire comme une folle au moindre
prétexte. Plusieurs demandèrent si c'était bien vraiment
l'histoire du plus sage et du plus vertueux qui conviendrait
le mieux à Mlle Emma.

« Oui, justement, répondit-elle, sans se déconcerter le
moins du monde, c'est là naturellement ce qui me conviendrait le mieux : l'histoire du plus sage et du plus vertueux, mais oui. »

On rit, on plaisanta, mais on se décida pour l'histoire du plus sage et du plus vertueux.

« Eh bien, Jacques, veux-tu commencer? » crièrent quelques voix impatientes.

Et Jacques, après avoir songé quelque temps, comme s'il tournait intérieurement les pages d'un livre invisible, commença à raconter la vie de Caton.

Tandis que sa voix sympathique et ferme vibrait dans le salon, ses auditeurs devenaient de plus en plus attentifs. Les jeux de physionomie étaient très variés. On pouvait déjà augurer, à l'expression de certains regards, que l'un serait ou essayerait d'être un Caton, tandis que tel autre s'en garderait bien. Les délicats admiraient cette vertu sévère ; mais on sentait qu'elle ne les entraînait pas tous également. On pouvait reconnaître à plus d'un signe que telle âme vaillante et courageuse ne changerait pas dans l'infortune, tandis que telle autre pourrait être brisée et vaincue par la moindre adversité.

L'orateur ne pouvait pas se plaindre de son auditoire. L'attention était générale. Il n'y avait, je crois, qu'une exception, et, chose étrange, c'était du côté des garçons, et non du côté des demoiselles, à qui, ceci le montre bien, on a tort de faire la réputation d'être plus légères et moins sérieuses que les messieurs.

La vérité est que l'un de ses auditeurs n'était pas parvenu à bien écouter. C'est que celui-là avait comme le vertige, et que son cœur battait à se rompre dans sa poitrine, et c'était justement ce malheureux Henri, le même qui pleurait maintenant, la figure cachée dans ses mains au fond du petit bois.

Il ne pouvait pas écouter, non ! Le désir de pénétrer dans cette chambre mystérieusement fermée, religieusement gardée par le serment de tous, ce désir le brûlait comme un fer rouge, et il ne se sentait ni la force ni le courage de s'en rendre maître. Il était resté tout tremblant assis un peu à l'écart dans un grand fauteuil, indécis entre le devoir et la tentation, les yeux fixés sur la porte, qui, irrésistiblement, lui semblait-il, attirait ses regards. C'était comme une fascination.

L'histoire du plus sage et du plus vertueux allait son train. Tout le monde était très absorbé par le récit. Les bougies brûlaient sur la table autour de laquelle on se trouvait rassemblé ; toute la lumière du salon y était concentrée, car une bougie placée près de la porte défendue étant venue à s'éteindre, il ne restait plus à cette extrémité du salon qu'une vague clarté. Les hauts fauteuils, dérangés pendant les jeux, jetaient leurs ombres tourmentées sur les murs et le tapis ; on eût dit de larges et grosses taches noires.

Seul entre tous, Henri avait remarqué que la bougie dont la lumière signalait la porte défendue avait cessé de l'éclairer, et par conséquent de la défendre. L'esprit tentateur lui disait tout bas à l'oreille qu'il lui serait facile, l'attention de tous étant portée d'un autre côté, de se glisser le long des murs, et, à la faveur des hauts fauteuils, d'atteindre sans être vu la portière convoitée. Une fois là, il

n'y aurait qu'à soulever le bas de la tenture et alors....
Alors, il serait maître à lui tout seul des secrets inesti-
mables que renfermait la chambre.

Il s'aperçut en même temps qu'il avait dans sa main
agitée et froide une petite boîte à feu pleine d'allumettes
de cire, qui un instant auparavant était sur la cheminée....

Il avait encore moins entendu la fin du récit que le
commencement.

En proie à une sorte de fièvre, il lui semblait que
quelque main fatale le poussait du côté de la portière
maudite, et que c'était en vain qu'une voix intérieure,
celle de la conscience, lui criait de lutter.

Tout à coup, il se fit un mouvement autour d'Henri, et
cela le réveilla comme d'un rêve. Tout le monde se précipi-
tait hors du salon en criant :

« Nous voilà, tante, nous voilà! Nous avons été sages,
nous avons tenu notre parole, la portière n'est pas dérangée, personne, bien sûr, n'y a touché. »

En un clin d'œil, Henri se trouva seul dans le grand
salon, et debout! De là, il entendit dans la pièce voisine,
qui était une salle à manger, le bruit des chaises qu'on
approchait contre la table, puis celui des assiettes et des
fourchettes. Personne ne s'était aperçu de son absence.

Alors il fut pris comme de démence, il étouffa sans pitié
les derniers murmures de son honneur ; d'un bond s'élan-
çant vers la porte fermée, il souleva la portière et comme
un voleur se glissa dans la chambre aux cadeaux.

Une fois là, il frotta sur le parquet une allumette, et, à

sa lueur tremblante, il regarda avidement ce qu'il mourait d'envie de voir.

Que de belles choses entassées s'offrirent à sa vue! Comme il eût admiré chacune d'elles, s'il eût été en repos avec lui-même! Ah! il ne s'en fût lassé de sitôt. Mais il avait à peine jeté un regard rapide et troublé, sur l'étalage fait avec tant d'amour, par la tante, des admirables objets destinés aux enfants, que sa vue s'obscurcit soudain. Soudain aussi il fut saisi d'un si cruel remords, il sentit si bien instantanément la honte de l'action qu'il venait de commettre, qu'il eut envie de crier et d'appeler au secours, comme s'il avait été atteint d'un coup de couteau dans le cœur.

Le malheureux! c'était un dernier avis de sa concience; que ne le suivit-il! On l'aurait surpris au milieu de sa faute, mais du moins en plein repentir. Mais non, dans un cœur faible, une faute en amène toujours d'autres à sa suite. Il ne pensa qu'à une chose : fuir, fuir, quitter cette maison où il n'avait plus le droit de rester, qui avait vu sa déloyauté, et dérober son crime à tous les yeux.

Mais combien de coupables ont voulu faire comme Henri, que le sentiment de leur indignité a cloués sur place! Quant à lui, il sentit qu'il était incapable de bouger. Ses pieds avaient littéralement pris racine dans le plancher.

Alors son allumette s'éteignit, et il se trouva seul avec sa faute dans la profonde obscurité.

Dans ce moment, et du fond de la salle à manger,

une fusée d'éclats de rire provoqués sans doute par quelque saillie de l'un des petits invités arriva jusqu'à lui.

S'il restait une minute de plus dans la chambre maudite, c'en était fait de lui. Il fit un violent effort sur lui-même, et, tout frémissant de honte et de remords, il se précipita dans le salon, le franchit comme un oiseau blessé, et, pâle comme un spectre, s'arrêta devant l'entrée de la salle à manger.

Une fois là, il tâcha d'écouter ; comprimant de ses deux mains fermées les battements de son cœur, il essaya de calmer les angoisses de son âme. Dans la salle à manger, on continuait de rire, de babiller et de manger. Rien, il n'entendait rien que le murmure d'une joyeuse assemblée. De lui, il n'était pas question. Comment parvint-il à se glisser inaperçu parmi ses camarades? Il ne le sut jamais lui-même. Comment parvint-il à prendre à la table commune, sans être vu, une place qui justement s'y trouvait libre? On ne peut l'expliquer, sinon que le joyeux petit monde tapageur, tout à son plaisir, n'avait pas remarqué l'absence, si courte d'ailleurs, d'une seule tête entre tant de têtes dont les idées tourbillonnaient.

Au bout de quelques minutes, assuré que sa faute était ignorée, il se mêla peu à peu à la conversation. Lui aussi, il voulut rire et tâcher de se faire illusion sur la gravité de sa faute. Mais sa gaieté toute extérieure n'eût pu tromper personne, et elle ne le trompait pas lui-même. Que n'eût-il pas donné pour pouvoir rire d'aussi bon cœur que le dernier de la bande joyeuse assise autour de la table !

C'en était fait, une épine empoisonnée lui était entrée dans
le cœur.

Le souper fini, tout le monde retourna gaiement au salon ; mais aussitôt, de toutes les bouches s'échappèrent des
exclamations de surprise, puis des cris de colère et d'indi-
gnation. Il n'y avait pas à dire : non! Un coin de la portière avait été soulevé, quelqu'un avait trahi son serment.
Quelques allumettes éparses sur le parquet et décou-
vertes par les plus impatients et les plus impétueux mon-
trèrent que la faute avait été préméditée. Henri, lui
aussi, vit tous ces indices accusateurs, et il se sentit défaillir.

En ce moment, la tante entra dans le salon. En voyant
l'émoi général, ses yeux se portèrent rapidement du côté de
la porte. Comme tous elle vit, elle comprit ce qui était arrivé. Sa figure, si douce et sereine d'ordinaire, avait une
telle expression de tristesse quand elle ouvrit la bouche,
que personne n'osa respirer, et lorsque d'une voix qui essayait en vain de contenir son émotion elle dit :

« Enfants, lequel de vous n'a pas tenu sa parole? »

Oh! que de voix sincères s'élevèrent, protestant de leur
innocence! Que de regards se tournèrent de l'un à l'autre
en cherchant le coupable! Que d'innocents peut-être furent
soupçonnés ! — Dénonce-toi, disait à Henri la voix de sa
conscience. Confesse ta faute, malheureux, ne laisse accuser personne, et ton repentir te vaudra ton pardon. — Mais
non, Henri se taisait, si toutefois comme les autres il ne
disait pas : non, ce n'est pas moi!

« C'EST ELLE, C'EST MARIE ! » (Page 32.)

Tout à coup, une petite figure qu'on n'avait pas aperçue et qui était demeurée ensevelie et comme perdue dans un grand fauteuil, se leva et s'approcha des groupes émus. Elle s'en venait d'un air étonné en se frottant un peu les yeux et demanda ce qui était arrivé.

C'était une pauvre petite fille bien malheureuse : elle venait de perdre sa mère. Elle avait encore sa petite robe toute noire, et sa douce figure était toujours bien pâle. Son père l'avait amenée presque de force à la fête, espérant la distraire malgré elle de son chagrin ; mais le pauvre petit cœur était trop affligé, et pas même une étincelle de joie n'avait pu y pénétrer de la journée.

Lorsque tous les autres enfants avaient quitté le salon pour aller souper, elle y était restée et s'était blottie dans un grand fauteuil, pour pouvoir, loin de la joie des autres, penser à son cher chagrin. Elle avait repassé dans sa petite mémoire ce que Jacques avait raconté de Caton, elle aurait voulu être forte, elle aussi, contre la douleur ; mais le moyen, le moyen de se consoler d'une perte tellement irréparable ! De chaudes larmes avaient remonté de son cœur à ses yeux ; tout au passé perdu, elle n'avait rien vu, rien entendu, et abîmée dans sa pensée amère, elle avait fini par s'endormir en pleurant dans le grand fauteuil. Le bruit de la salle à manger, l'entrée d'Henri dans la chambre aux cadeaux, rien n'était arrivé jusqu'à elle. C'était seulement au tapage fait par tout le monde en rentrant qu'elle s'était réveillée de son lourd et douloureux sommeil.

Ses yeux rouges encore plus que sa voix demandaient :
« Que s'est-il passé? »

En voyant son triste visage, ses yeux encore mouillés,
il n'y eut qu'une voix :

« C'est elle, c'est Marie! Aussi bien, elle n'était pas à
table avec nous!

— Quoi c'est elle, c'est Marie? s'écrièrent quelques-
unes de ses amies, d'une voix pleine d'étonnement et de
surprise.

— C'est moi, disait Marie, qui ne comprenait rien à ce
qu'on lui disait, mais oui, c'est bien moi, ne me reconnais-
sez-vous pas? Qu'avez-vous à me dire? »

On prit pour un aveu, ces fatales paroles à des questions
dont elle n'avait pas compris le sens, et un cri una-
nime sortit de toutes les bouches : « C'est elle! »

« Ce que vous avez fait là est très mal, mon enfant, dit
sérieusement la tante Aurora à Marie, et j'en suis bien
triste. Je ne vous en aurais jamais crue capable. Vous
êtes la dernière que j'eusse soupçonnée. — Et s'adressant
aux autres : — Ce qu'a fait Mlle Marie ne regarde que moi
et son père ; pour ce qui est de vous, oubliez-le. Reprenez
vos jeux, ne suivez pas ce mauvais exemple et soyez sages.
Vous savez que je ne vous ai pas rendu votre parole. »

Après ces mots, elle remit en place la portière qu'Henri,
dans l'agitation de sa fuite, avait oublié de rabattre, et,
très contristée, s'éloigna en recommandant à voix basse à
chacun et à chacune de ne pas trop punir la coupable.
Quand arriva le tour d'Henri d'écouter, plus mort que vif,

cette recommandation d'indulgence, comment ne tomba-t-il pas aux genoux de sa tante? Comment ne sentit-il pas qu'à côté de sa première faute, cette seconde faute, son lâche silence était pire qu'une faute, que c'était un crime? Ce crime, cependant, il le commit pour cacher le premier, tant est fort l'engrenage du mal ; après le doigt c'est la main, après la main c'est l'être tout entier qui s'y trouve pris, pour qui n'a pas le courage de trancher dans le vif, de sacrifier le doigt malade.

En voyant refermer la portière dérangée, la pauvre accusée avait fini par comprendre de quoi il s'agissait, et elle s'était contentée de dire doucement, forte qu'elle se croyait de son innocence :

« Pensez-vous donc, croyez-vous sérieusement que je sois entrée dans la chambre?

— Non, c'est une petite souris? » répondit une petite voix moqueuse.

Et tout le monde s'éloigna d'elle.

« Quoi! vous me croyez coupable? » dit encore la pauvre enfant.

Sa voix s'altéra, et de grosses larmes tombèrent lentement le long de ses joues déjà si pâles. Les plus superbes et plus emportés lui répondirent que désormais il n'y aurait plus d'amitié possible entre eux, ni même de simple connaissance ; d'autres, plus doux ou plus contenus, ne dirent rien, mais leur silence exprima assez leur sentiment. Marie s'approcha plusieurs fois, tantôt d'un groupe, tantôt de l'autre, mais, ne rencontrant partout que paroles dures ou dédain glacial, elle alla s'asseoir dans un coin comme pétrifiée et ne bougea plus de sa place. A la voir à la clarté des bougies dans ce fauteuil sombre, on eût dit une petite image de la Douleur et de la Résignation. Elle avait tant souffert, la pauvre orpheline, qu'elle savait souffrir sans se plaindre.

CHAPITRE III

On joua et on s'amusa encore, mais personne ne l'invita. On alla se coucher. Tout le monde s'embrassa, mais personne ne lui souhaita le bonsoir. Les enfants sont durs dans leur implacable justice. Jacques, celui qui avait raconté l'histoire de Caton, fut le seul qui, passant près d'elle, sembla être plus triste que fâché et eut pour elle un regard de pitié. Mais le vrai coupable, comment passa-t-il près de la victime de sa faute? Il passa comme les autres en détournant les yeux et en prenant, lui aussi, un air farouche et indigné.

Je sais bien qu'un instant après il en eut comme un dé-

sespoir et qu'il revint sur ses pas en cachette, éperdu, et dit
tout bas à Marie d'une voix éteinte et suppliante :

« Bonne nuit, Marie. »

Mais était-ce là tout ce qu'il avait à dire?

La pauvre enfant, dans sa reconnaissance, se leva tout
d'un élan de son fauteuil où elle était retombée ; elle regarda de tous ses yeux celui qui seul semblait avoir com-
passion d'elle, puis, jetant ses bras à son cou, elle l'embrassa, elle pleura, et, entre ses sanglots, lui dit qu'il était
bon, qu'il lui était cher, qu'elle ne l'oublierait jamais et
qu'elle l'aimerait toujours.

Entendant alors quelque bruit, elle le repoussa, ajoutant
à la hâte :

« Va, va! éloigne-toi, Henri, on se fâcherait contre toi
si on te voyait causer avec celle qu'on croit coupable. »

Et comme il restait cependant devant elle, plein de honte
et de remords, Marie, se méprenant sur ce qui se passait en
lui, l'embrassa encore ; ses petites lèvres, qui tremblaient
comme des feuilles de rose agitées par la brise, lui dirent
encore qu'elle le chérissait. Et l'ayant poussé une dernière
fois de ses petites mains, elle s'enfuit.

Quelles nuits, grand Dieu, que les nuits des coupables!
Ne pouvant pas dormir, Henri se leva, il s'approcha de la
fenêtre, il ouvrit la croisée malgré le froid de l'hiver. Un
clair de lune magnifique inondait le ciel et la terre de ses
rayons, et les étoiles étincelaient dans l'azur. Tout était
aussi tranquille que si nulle part dans le monde il n'y eût
aucun cœur agité par le remords ; ce calme, cette clarté

sereine des cieux étoilés faisait un tel contraste avec l'agitation d'Henri qu'il eût préféré les colères d'un orage.

Celui qui n'a jamais connu le remords, qui ne l'a jamais senti se glisser dans son cœur comme un serpent hideux au milieu du repos d'une belle nuit, que le bon Dieu le préserve d'en apprendre quelque chose!

Enfin, la longue nuit passa et l'aube rosée apparut, promettant une journée splendide. Peu à peu on se réveillait dans la maison. Ce bruit, familier à ses oreilles, qui venait distraire Henri de ses angoisses, sembla d'abord le soulager ; mais bientôt vint la pensée qu'il allait lui falloir ou affronter la confiance de tous, qu'il ne méritait plus, ou, par un aveu tardif, la perdre, et Henri comprit que le jour était aussi terrible que la nuit.

La petite figure si pâle, si éplorée, si tendre, si reconnaissante de Marie, de la victime innocente de sa faute, qui avait apparu bien souvent à son imagination dans le silence de cette première nuit de remords, comment va-t-elle se remontrer à lui à la face du soleil? Osera-t-il soutenir son regard si doux? Ah! mieux vaudrait la voir irritée, l'accablant de son juste mépris. Non, non, il n'aura pas l'infamie de se laisser embrasser, remercier par celle qui souffre tant pour lui.

Et cependant, ce qu'elle souffrit injustement, l'innocente Marie, il faudrait donc que le coupable, et justement, il osât, lui, le souffrir à son tour? Il lui faudrait subir les sarcasmes, les dédains de tous ses amis ; il devrait s'entendre noter d'infamie, et il n'aurait pas, comme Marie, le refuge de sa pure conscience.

Devant cette perspective, ses bonnes résolutions s'envolèrent en fumée, son faible cœur reculait devant la seule idée d'un tel supplice. Il se faisait horreur sans doute, mais faudrait-il qu'il fît en outre horreur à tous?

Ah! que l'égoïsme raisonne mal! Pourquoi se défie-t-il de la bonté humaine? comment ignore-t-il que devant les hommes, comme devant Dieu lui-même, péché avoué est à moitié pardonné, tandis que chaque jour qui passe entre la faute et la pénitence creuse l'abîme et l'agrandit jusqu'à le rendre presque impossible à combler?

Le matin, la bonne dame Anne, trouvant à Henri un air souffrant, lui tâta le front; elle avait ses idées, la dame Anne, quand elle voyait les gens assez vains pour croire que la maladie se reconnaît aux battements du pouls, elle ne faisait que sourire de leur naïveté. Donc la dame Anne lui passa la main sur le front, siège de toutes les douleurs physiques et morales suivant elle, et lui demanda quel malaise il éprouvait; elle le caressa comme eût pu faire une bonne grand'maman un peu inquiète, et finalement lui proposa une tasse de lait chaud et sucré, avec un peu de fleur d'oranger, qui le calmerait. Henri, attendri, eut envie de se jeter dans les bras de la compatissante dame, de pleurer à son aise et de lui dire d'appeler sa tante; mais il résista à ce bon mouvement, la remercia avec confusion et se sauva.

Il rôda toute la matinée dans les coins reculés de la maison, fuyant les questions affectueuses de sa mère qui voyait bien qu'il n'était pas dans son assiette, recevant avec embarras les marques d'amitié de ses camarades, épiant,

surtout avec une fiévreuse anxiété l'arrivée de la petite
figure pâle de Marie et se sentant défaillir à la seule idée
de rencontrer ses regards.

La petite figure pâle ne parut pourtant pas de la matinée.
Il n'eut le courage de s'informer d'elle à personne et bénit
les jeux de toute sorte qui, en absorbant tout le monde, les
grands aussi bien que les petits, lui permettaient un peu
de solitude. La petite figure pâle ne parut pas à dîner non
plus. Il cherchait des yeux le père de Marie, il se disait
qu'il eût peut-être osé lui demander à lui... Mais non, c'eût
été le juge le plus terrible qu'il pût rencontrer. Heureusement, il ne le trouva pas sur son chemin.

Le soir vint, et la petite figure pâle n'apparaissait pas.
Il fut pris alors d'une inquiétude telle, qu'il sentit son misérable cœur serré dans sa poitrine comme dans un étau.
« Qu'est-elle devenue ? où est-elle, l'innocente ? » murmu-
rait-il tout bas.

Cet état n'était pas soutenable ; il résolut de tout faire
pour savoir à quoi s'en tenir sur le sort de Marie.

Un groupe composé des anciennes amies de Marie, fati-
guées de jouer, babillait dans un coin du salon. Il s'approcha de ce groupe, et telle fut sa chance, que les premières
paroles qu'il entendit étaient justement celles-ci :

« Ah oui ! jamais je ne l'aurais pensé ! Elle semblait si
sage et si bonne !

— Qui donc ? demanda-t-il, tâchant de rencontrer sans
se troubler les regards de la petite fille éveillée qui « *n'aurait jamais pensé cela !* »

— Mais cette indigne âme de Marie, répondit-elle. Oh !
l'hypocrite ! Avoir encore la hardiesse de venir pleurer et
affirmer son innocence, quand il est si clair qu'elle seule est
la coupable !

— Où est-elle donc, « *cette* » Marie ? demanda-t-il, tâchant d'affermir sa voix et de cacher son trouble sous un
air d'indifférence.

— Partie, Dieu merci ! Ne le sais-tu pas ?

— Mais non.... Je ne l'ai pas vue partir. J'ai été très
malade ce matin... J'ai dormi plus que je n'aurais voulu, on
m'a défendu de quitter le lit, on me menaçait d'une méde-
cine.... tu sais?... »

Il n'en pouvait plus. Il sentait des gouttes de sueur froide
qui perlaient sur son front ; il sentait que sa voix allait
trahir son émotion.

— Ah ! s'écria la petite, tu n'as rien vu ? Je vais te raconter tout, alors. C'était beau, va ! Figure-toi que nous avons
trouvé ce matin cette Mlle Marie qui avait osé nous attendre au salon, absolument comme si de rien n'était, et que
là, en face, les yeux dans les yeux, elle a eu l'audace de nous
dire à toutes que nous étions des injustes de l'accuser, qu'elle
était aussi innocente que la plus innocente d'entre nous.
Devant cette effronterie, tout le monde devint rouge pour
elle, sa figure était impassible, elle parlait avec un calme
étonnant, espérant, voulant à toute force nous convaincre.
C'est seulement quand elle a vu qu'elle ne parviendrait
pas à nous tromper, que son aplomb l'a abandonnée ;
de grosses larmes de dépit sans doute, sont tombées

« MON CHER HENRY, » DISAIT LE PETIT BOUT DE PAPIER.

(Page 44.)

de ses yeux. Mais, s'adressant encore une fois à nous :

« — Vous êtes injustes et cruelles, nous répéta-t-elle avec un redoublement de colère ; un jour viendra où vous regretterez de m'avoir accusée d'une faute que je n'ai jamais songé à commettre. Je dois renoncer sans regret à des amis qui n'ont pas confiance en moi, et qui, au lieu de me défendre, m'accusent. Je ne veux plus vous revoir. Adieu. »

« Elle est allée trouver son père, et lui a parlé longuement. Je suis sûre qu'il n'a pu tirer d'elle aucun aveu, et qu'il croit même à son innocence puisque nous l'avons vu la serrer tendrement dans ses bras. Toujours est-il qu'elle l'a décidé à quitter la maison sur-le-champ. En s'en allant, elle a passé près de nous et j'ai cru même un instant qu'elle allait vouloir encore nous parler, mais nous avons fait mine de ne pas la voir du tout... »

La pauvre enfant était donc partie, partie victime de la lâcheté d'Henri ! Ce récit l'avait secoué si fort, ce petit malheureux, qu'il se sentit tout bouleversé. Il saisit la première occasion pour s'éloigner. Dans le but de couvrir sa fuite, il s'approcha d'une table chargée de jouets, et parut fort occupé à les examiner. En remuant machinalement ce tas de polichinelles et de poupées, d'animaux sauvages ou domestiques, d'armes, d'instruments, ses yeux tombèrent sur son jouet favori, un chasseur parfaitement réussi, en habit de chasse de velours vert ; botté jusqu'aux genoux, coiffé d'une casquette ronde et galonnée, orné d'une irréprochable gibecière passée par-dessus son épaule, et il pensa, — avec quel chagrin, Dieu qui voit les cœurs le sait ! — il pensa, dis-je, au jour où ce chasseur lui avait été apporté par son oncle, un très brave homme, un peu taquin, mais très généreux. Il se rappela que Marie était avec lui, à l'heure même où cet oncle lui avait offert ce chasseur. Elle était là, déjà aussi douce, mais plus rose et plus gaie qu'aujourd'hui ; elle n'avait pas encore sa robe noire d'orpheline, mais une charmante robe de mousseline rose qui lui allait à ravir : on eût dit un bon petit ange dans un nuage du matin. Il se rappela que, quand l'oncle avait tiré ce chasseur d'une dizaine d'enveloppes de papier, tout au moins, dont il l'avait enroulé pour exercer la patience de son neveu, Marie avait accueilli ce pimpant personnage avec admiration, et s'était écriée en riant que la gibecière d'un chasseur si merveilleux ne pouvait manquer d'être toujours pleine de gibier. Il ne pouvait détacher ses yeux du jouet, qui lui rappelait Marie, quand tout à coup il crut remarquer que la gibecière du chasseur contenait quelque chose de blanc, qui ne faisait pas partie de son costume ordinaire. Ce quelque chose qu'il en retira était un petit bout de papier, lequel avait évidemment été plié très à la hâte. Il l'ouvrit, et y vit de gros caractères tracés par une main visiblement agitée, et qui ne semblait pas avoir encore une grande habitude de la correspondance :

« Henri, mon cher Henri, disait le petit bout de papier, je t'embrasse et je ne t'oublierai jamais comme jamais je n'oublierai maman. Tu as été si bon pour moi, alors que les autres me faisaient tant de peine, que je veux m'en souvenir toujours. Ah ! cher et bon Henri, tu m'as conso-

lée alors que tous et toutes m'accusaient, tu n'as pas cru
aux méchants propos. Je n'ai pas besoin de te dire à toi,
bon Henri que ce n'est pas moi qui suis entrée dans la
chambre aux cadeaux. Mais rassure-toi : malgré l'injustice
de mes anciennes amies, je ne deviendrai pas méchante à
mon tour. Je ne rendrai pas le mal pour le mal. Je n'ai pas
voulu te chercher pour t'embrasser avant mon départ, j'en
avais bien envie, mais il ne faut pas que ton bon cœur et ta
pitié pour moi soient pour toi une cause de peines, et on aurait trouvé mal que tu sois resté mon ami. J'espère, cher
Henri, que tu regarderas le chasseur que tu aimais autrefois
et que tu verras ce billet que je place pour toi dans sa gibecière. Je t'aimerai toujours. — Marie. »

Chaque mot de cette touchante petite lettre lui entra
dans le cœur. Il courut sans prendre haleine s'enfermer
dans sa chambre, et là, se jetant sur son lit, il éclata en
sanglots ! Il aurait voulu mourir...

Il fut comme affolé de chagrin pendant quelques heures.
On le crut encore malade, et on le soigna comme tel. Sa
mère, le voyant pleurer silencieusement, le supposa très
souffrant, et en fut extrêmement alarmée. Ses camarades
venaient lui faire visite plus souvent qu'il ne l'eût souhaité.
Ils étaient si loin de soupçonner la nature de son mal, qu'ils
tâchaient de le réconforter, en lui montrant en perspective
la fête de Noël. Mais que lui faisait la fête de Noël à présent ? Il ne pensait, il ne pouvait penser à autre chose qu'au
petit bout de papier de Marie, qu'il gardait sous son oreiller.

Quand il fut seul, quand il l'eut bien relu, relu au point

de le savoir entièrement par cœur, il le brûla, mais même brûlé et réduit en cendres, ce billet et chacun des mots qui le composaient devait rester à jamais comme gravé dans son cœur.

Peu à peu, cependant, le sommeil vint fermer ses yeux fatigués de verser des larmes, non pas le sommeil bienfaisant qui suit les journées bien remplies, mais ce sommeil agité qui vous laisse le sentiment de malaise et d'angoisse dans lequel on s'est endormi. Sa mère étant entrée sans le réveiller dans sa chambre, elle s'aperçut que son pouls était fiévreux. Le docteur, appelé bien vite, défendit qu'on le réveillât. Il fallut lui obéir, bien qu'il en coutât beaucoup à sa mère, car c'était le soir même que devait avoir lieu la distribution des cadeaux de Noël, et elle s'était fait une fête de ce qu'elle croyait devoir en être une pour son fils.

Henri ne se réveilla que bien tard, bien tard dans la journée. Il avait la fièvre. Le docteur revint, et au grand soulagement d'Henri, il lui interdit de se lever pour la fête du soir. L'idée seule de cette fête, dont par sa faute Marie était bannie, lui était devenue odieuse. Il bénit sa fièvre qui lui permettait du moins de n'y point assister. De quel front eût-il accepté devant tous le cadeau que lui avait réservé sa tante? Comment aurait-il supporté qu'on tirât au sort devant lui, comme cela arriva en effet, à qui échoirait la poupée magnifique qui, avec son trousseau, avait d'abord été destinée à Marie? Comment, en voyant cette précieuse poupée aux mains d'une autre par sa seule faute, com-

ment aurait-il pu faire pour ne pas s'écrier : « Cette poupée, envoyez-la à Marie, à Marie qui la mérite, car seul
je suis coupable. » Mais avec sa faiblesse incurable, avec sa
lâcheté, eût-il eu le courage de le faire, cet aveu terrible ?

Sentant bien que non, il préférait, comme toujours, la
difficulté ajournée à la difficulté abordée en face et vaincue.

Et cependant, avec de tels délais, la difficulté de l'aveu
grandissait tous les jours, tous les jours elle pouvait l'en-
traîner à pire. Sur cette pente fatale saurait-il jamais s'arrêter ? Dans quels abîmes ne le conduirait-elle pas ? Jusqu'où descendrait-il ?

Pour Henri, la nuit se passa dans des rêves affreux.
Le lendemain matin, cependant, la fièvre s'était un peu
calmée. Il apprit avec joie, de la femme qui l'avait veillé,
que tous les enfants étaient partis. Il lui semblait, à ce
faible cœur, que rester seul loin des témoins de sa faute,
témoins terribles pour lui, encore bien qu'ils ne connus-
sent pas le vrai coupable, lui permettrait de l'oublier. Sa-
chant la maison vide de tout ce monde d'amis et d'amies
qui l'avait remplie, il se trouva comme soulagé d'un grand
poids, et se rendormit d'un sommeil réparateur.

Ce ne fut qu'au milieu de la journée qu'il se réveilla.
Il lui semblait avoir entendu la voix de sa mère. Se sentant remis ou à peu près, il se leva précipitamment et la vit
en effet s'avancer vers lui les bras ouverts. Mon Dieu !
qu'il souffrit d'avoir à se dire que ses caresses ne lui
étaient pas dues, que ces baisers étaient comme des baisers volés, et qu'une seule parole, qu'une lueur de vé-

rité suffirait à troubler la sérénité des bons regards qui se tournaient toujours vers lui avec tant de bonheur et de sollicitude.

Et cependant, comme il se trouvait indigne de jouir pleinement, ainsi qu'autrefois, des marques de cette tendre affection, une fois encore il fut sur le point de faire l'aveu de son indignité. Qui mieux que sa mère eût pu l'aider à réparer ses torts et le soulager du fardeau de ses remords? Mais il se rappela quel mal lui avait fait un jour l'annonce d'une mauvaise nouvelle, qu'elle avait failli en mourir, et il recula devant ce souvenir. Lui ôter la foi en son fils, n'était-ce pas lui ôter tout son bonheur? Il resta donc muet encore, l'infortuné. Sa mère pourtant s'aperçut de son trouble.

« Qu'as-tu? mon Henri, demanda-t-elle, souffrirais-tu encore? Le docteur m'avait cependant rassurée tout à fait.

— Non, maman, non! se hâta-t-il de répondre, je ne suis pas souffrant, je t'assure. J'ai seulement comme une douleur au bras, voilà tout.

— Au bras! Sainte Vierge! qu'est-ce que c'est donc? » Il suffit qu'un enfant bien-aimé se fasse une égratignure au petit doigt pour que le cœur d'une mère saigne à flots, c'est une chose connue. Donc, elle s'effraya et s'affligea au point que Anne crut qu'elle allait tomber dans ses bras.

Quel tourment pour lui! « Qu'eût-ce été, pensa-t-il, si je lui avais tout dit! »

— N'aie donc pas peur, maman, dit-il, ce n'est rien,

je t'assure. Je me serai couché à faux sur le bras droit,
et ce n'est qu'un engourdissement qui va passer ; voilà
tout, maman, sois donc tranquille. »

Tout? Non, ce n'était pas tout, et la pauvre maman
ne pouvait pas être tranquille.

CHAPITRE IV

Comme on l'a appris au commencement de ce récit, six mois s'étaient écoulés depuis la fête de Noël, où Henri avait commis cette première faute de laisser peser sur la réputation de la pauvre Marie les conséquences des torts que seul il avait eus. Son caractère s'était assombri sous l'obsession de son remords ; sa santé était atteinte ; sa mère, inquiète de le voir absorbé dans des mélancolies qui n'étaient pas de son âge, avait épuisé toutes ses tendresses pour ramener le sourire sur les lèvres de son fils adoré ; elle n'y était pas parvenue. Henri, de son côté, avait, pour lutter contre son mal, essayé de tout, excepté

du seul moyen naturel de soulager son cœur, excepté
de l'aveu et de la réparation salutaire. Il avait travaillé
beaucoup, demandant à l'étude une diversion à son souci
cruel. Rien n'avait réussi complètement.

L'hiver avait fui ; le soleil d'été, qui est la joie pour
tous, n'avait pas été la joie pour Henri. Dès qu'il était
seul, il était sombre et taciturne ; devant le monde, sa
gaieté était factice, on y sentait l'effort ; elle n'avait qu'un
but : cacher à sa mère l'état vrai de son âme. Un jour,
sa mère entra dans sa chambre. Elle avait une bonne
nouvelle à lui annoncer, et sa figure rayonnait de joie.
Elle s'était expliqué la maladie d'Henri par la trop grande
solitude, et justement un incident heureux lui permettait
d'y mettre un terme.

« Dépêche-toi, Henri, lui dit-elle, en le serrant dans
ses bras. La petite cousine Julie est arrivée, elle est
charmante et bonne, très gaie, très particulière, très
amusante ; tu vas voir, elle te plaira. Tu seras très aimable pour elle, n'est-ce pas, Henri ? et certainement vous
deviendrez de très bons amis. C'est comme une petite sœur
que Dieu t'envoie là, mon chéri. »

Henri, sentant sa mère heureuse, feignit une grande
joie :

« Courons voir la petite cousine, » dit-il.

Et à travers les corridors et les escaliers, ils entrèrent
dans le salon, où se trouvait déjà la petite cousine avec
sa maman, une dame encore jeune, à l'air souriant et
affable, qui fit grande fête à son neveu Henri. Elle lui

présenta la petite cousine, en disant qu'elle était sûre
qu'ils allaient s'éprendre d'une grande amitié l'un pour
l'autre ; elle lui demanda de la regarder comme sa sœur ;
elle lui dit qu'obligée de faire une longue absence, il lui
était doux de laisser sa fille dans une nouvelle et si bonne
famille. Elle lui fit mille questions sur ses études, sur
ses goûts et ses plaisirs et parut satisfaite de ses réponses.
Puis les deux mères les envoyèrent s'amuser tous deux
sur la pelouse, devant les fenêtres du salon.

La petite cousine, la main dans la main du cousin
Henri, marcha d'abord à côté de lui, d'un pas régulier,
comme eût fait un petit militaire. Henri la regarda à la
dérobée avec curiosité. Il vit de très grands yeux bleus
au regard un peu indifférent et extrêmement sérieux, du
moins pour le moment, des joues roses et une bouche si
petite qu'il se demanda si les bonbons qu'elle tenait dans
sa main gauche pourraient jamais y passer. Elle avait
une robe très bouffante, et si mignons étaient ses pieds
qu'ils auraient pu être chaussés de cette petite fleur du
genre des lis sauvages, qu'on appelle dans quelques con-
trées *soulier d'oiseau*. Un ruban aux vives couleurs,
un ruban pareil à un arc-en-ciel, nouait d'ordinaire et
retenait ses cheveux brillants ; leurs mille boucles capri-
cieuses semblaient être vivantes et jouer avec ses deux
oreilles rosées presque imperceptibles. Mais pour le
moment, elle avait sur la tête un petit chapeau de matelot
qui ne semblait pas bien sûr de pouvoir y rester longtemps en équilibre.

HENRI LA REGARDA A LA DÉROBÉE. (Page 52.)

« Je suis très heureux de te voir, petite cousine, dit Henri, sentant qu'il était de son devoir de dire à la petite cousine une parole affectueuse.

— Je suis très heureuse de te voir aussi, Henri, répondit la petite cousine avec dignité.

— Quels jeux préfères-tu d'ordinaire? et pour aujourd'hui, lequel choisis-tu, petite cousine? demanda-t-il, résolu de chasser ses propres soucis pour faire bon accueil à la petite cousine et lui être agréable.

— Celui que tu voudras, Henri, » répondit la petite cousine avec la même dignité, un peu affectée cette fois.

Alors, il lui nomma une foule de jeux, demandant, à chaque jeu qu'il lui proposait, si celui-là lui plairait d'avantage, à quoi la petite cousine continuait à répondre : « Comme tu voudras, Henri, » avec la même dignité.

Pourtant, à la proposition d'aller courir dans le jardin, du côté du petit étang, un éclair jaillit de ses grands yeux bleus, et un sourire faillit entr'ouvrir sa petite bouche; mais elle réprima cet élan, et rentra avec une promptitude extraordinaire dans son impassibilité. C'est égal, il entrevit le moyen de rompre la glace, et il dit :

« Si nous allions tout de suite vers l'étang, le chemin qui y mène est très joli, nous rencontrerons des fleurs, des papillons, des oiseaux. Aimes-tu ces rencontres-là, petite cousine?

— Oui, Henri, » répondit la petite cousine.

Et elle fit un mouvement qui démontra assez qu'elle

n'était pas toujours aussi réglée qu'un papier de musique,
la petite cousine ! Cependant, elle se reprit encore cette
fois, et elle ajouta :

« Si maman le permet. »

Maman le permettait, et on partit sans perdre de temps,
pour faire ce qui pour elle était un voyage de décou-
verte.

Après avoir marché quelque temps à pas réguliers sur
l'herbe fleurie, la petite cousine fit quelques bonds qui
affermirent Henri dans sa conviction, que Mlle Julie n'était
peut-être pas d'un métal aussi invulnérable aux plaisirs
et aux jeux de ce monde qu'elle voulait le faire croire.

Il ne se trompait pas. Dès qu'ils furent dans le sentier, la
petite cousine se mit à sauter, à courir, à faire des bonds si
merveilleux, qu'il fut tenté de croire que quelque fée l'a-
vait soudainement transformée en écureuil. Elle chanta,
d'une voix si sonore et si joyeuse, qu'elle étonna tous les
oiseaux ; elle fit entendre un rire si frais et si franc, qu'il
ne put le comparer à rien qui en approchât, car il n'y a
que les petites filles qui ont ce rire-là. La langue de la
petite cousine se délia aussi ; elle lui raconta alors une
foule de choses, et ils n'étaient pas encore arrivés au bout
du jardin, qu'elle lui avait déjà révélé tous ses projets et
toutes ses espérances d'avenir. Ces projets pouvaient se
résumer ainsi : Mlle Julie était résolue à être un jour la
fille la plus sage et la plus belle qu'on pût voir. Sa sagesse
ferait autant de bruit que sa beauté, et sa beauté autant de
bruit que sa sagesse. Elle savait que sa maman désirait

qu'on pût la citer en exemple à toutes les autres petites
filles, et elle comptait bien parvenir à satisfaire le vœu de
sa maman. Ils n'étaient pas encore arrivés à l'allée des til-
leuls, que déjà ils étaient de vieux amis, et que la petite
cousine, l'œil brillant et la figure épanouie, lui dit sans
façon :

« Mène-moi donc près du potager! Je veux voir le grand
cerisier !

— Et qui t'a dit, petite cousine, que nous avions un grand
cerisier?

— Qui me l'a dit? Personne. J'ai mes deux yeux pour
voir les choses, et j'ai vu le grand cerisier en passant près
du mur. Oh! il est grand et tout chargé de belles cerises! »

On alla admirer le grand cerisier, et la petite cousine,
après avoir battu des mains dans une extase inexprimable à la vue de ce splendide bijou de la nature, devint tout
à coup pensive et comme absorbée subitement par une idée
fixe ; un gros soupir sortit de ses petites lèvres entr'ouvertes.

« Qu'as-tu donc, petite cousine? qu'as-tu? lui demanda
Henri.

— Ah! les belles cerises! répondit la petite cousine,
sans pouvoir détacher ses grands yeux bleus de l'arbre
tentateur.

— En veux-tu, petite cousine?

— Ah! si j'en veux, Henri! certainement! Mais j'ai
promis à maman de ne toucher à rien sans sa permission....
Ah! les belles cerises! »

Et elle tourna vers lui ses regards suppliants et indécis.

Certains souvenirs poignants se présentèrent à l'esprit
d'Henri ; comme lui à la fête de Noël, la petite cousine se
trouvait ici en présence d'une défense de sa mère et d'un
violent désir.

« Que comptes-tu donc faire, petite cousine ! demanda-
t-il, d'une voix mal assurée, à Mlle Julie.

— Je veux manger des cerises ! répondit la petite cousine, avec une énergie qui aurait été farouche si la cause
n'eût pas au fond été plus plaisante que sérieuse. »

Puis, ses grands yeux s'agrandirent encore et devinrent
ronds comme de petits soleils ; sa bouche, en se serrant,
n'était plus qu'un point rose imperceptible, et il fut clair
que l'orage intérieur allait se produire par des torrents de
larmes.

« Eh bien, petite cousine ? dit Henri de plus en plus ému
en voyant la lutte que subissait la petite cousine. Eh
bien ? »

Elle jeta ses regards effarés vers son cousin, et, en même
temps, sa main se porta vers une des branches du cerisier.
La tentation allait donc être plus forte que le devoir ? Mais
tout à coup, une inspiration lumineuse sembla venir à Mlle
Julie, et elle se mit à courir vers la maison comme un petit lièvre effrayé. Henri pouvait à grand'peine la suivre. Il
avait beau lui crier de s'arrêter et lui demander la cause de
sa fuite insensée, elle ne l'entendait pas et courait toujours.
Enfin, elle franchit les marches du perron, traversa les ap-

partements comme une flèche, et, toute palpitante, tomba
dans les bras de sa mère, en s'écriant :

« Maman ! je suis sage, mais je voudrais des cerises du
grand cerisier ! »

On s'empressa d'apaiser l'émoi de la petite cousine, puis
on s'expliqua, et, grâce au récit d'Henri, on se comprit. On
félicita la petite cousine d'avoir résisté à son désir, avant de
savoir s'il était approuvé par sa mère. On lui permit d'aller
cueillir elle-même douze belles cerises au grand cerisier, et
sa jolie figure s'illumina d'une joie profonde. Henri et elle
retournèrent au cerisier ; elle en cueillit douze, rien que
douze bien comptées, pas une de plus, pas une de moins et en
les croquant, elle répétait :

« C'est égal, j'ai été sage, Henri, très sage, mais cela a été
bien difficile, et j'ai bien cru un moment que j'allais être très
désobéissante. Ah ! que c'est bon les cerises, et aussi d'être
sage ! Sois sage aussi, Henri, et tu verras comme on est
content de l'avoir été. »

Et la petite cousine se mettait à sauter, à courir, à s'amuser, satisfaite d'elle-même et de tout ce qu'elle rencontrait,
et elle répétait encore :

« C'est si bon d'être sage ! »

Henri tâchait de prendre un air joyeux, en lui répon-
dant : « Oui, oui, tu as raison, petite cousine ».

Et il s'efforçait de vaincre la tristesse des réflexions qui
naissaient pour lui de ce petit incident. Cette folle petite cousine avait donc été plus forte et meilleure que
lui.

Toute rayonnante de joie, et prêchant la sagesse, tantôt à sa poupée, tantôt au chien au poil frisé qui les avait suivis dans le verger, la petite cousine n'avait rien remarqué de ce qui s'était passé dans le cœur d'Henri.

La journée se passa très agréablement pour la petite cousine ; mais pour Henri, elle fut remplie de mille épines. Cette étourdie de Julie lui fit voir à chaque instant qu'elle avait eu plus de fermeté que lui, déjà grand garçon, n'en avait eu chez sa tante. Il en venait à se mépriser. Dans la soirée, la petite cousine égaya tout le monde, excepté lui! Elle s'endormit en embrassant sa mère, prétendant toutefois que les soirées devraient durer toujours, et son dernier mot fut qu'il ne faudrait jamais se coucher. Elle fut emportée dans son lit, endormie et souriante, ses bras mignons pendants, sa tête gracieuse inclinée, ses longs cils jetant une ombre sur ses joues roses.

Il tardait à Henri de se retirer dans sa chambre, de se mettre au lit, et de pleurer là silencieusement. Il était tout à son affliction, quand il entendit un bruit de pas légers, le frôlement d'une robe. C'était sa mère qui venait, comme cela lui arrivait souvent, voir s'il reposait bien. Elle entra avec précaution, se pencha sur son oreiller, et resta ainsi à le regarder quelques instants. Puis, elle se pencha encore plus près ; elle avait grande envie de lui donner un baiser, mais elle se retint, de peur de le réveiller. Henri, en l'entendant, avait fait semblant de dormir. Bientôt elle s'éloigna tout doucement.

Henri eut un redoublement de chagrin après qu'elle se

futretirée. Il se rappela le temps passé, ce temps heureux où il faisait déjà quelquefois semblant de s'être endormi, mais seulement pour faire une bonne surprise à sa mère chérie, et où, tout à coup, il l'entourait vivement de ses deux bras au moment même où, croyant bien qu'il dormait pour de bon, elle allait se retirer. Ah! quels doux baisers c'étaient que les baisers de son âge d'innocence. Comme il disait sans contrainte alors à sa mère tout ce qui lui passait par la tête. Combien jadis l'approche du sommeil, des adieux du soir, de la prière faite en commun, était une heure bénie! et comme il dormait bien! Mais maintenant, grand Dieu! maintenant, quelle nuit il passa, après tant d'autres, appelant en vain ce sommeil qui ne venait pas, tâchant de chasser les pensées qui ne le quittaient pas, invoquant en vain les images agréables qui le fuyaient, cherchant à vaincre ou à apaiser les angoisses qui l'envahissaient! Jamais le petit oreiller ne fut tant de fois retourné sous la tête, jamais il ne fut trempé de larmes plus amères!

Le matin vint enfin, et il se leva languissant et découragé. Quant à la petite cousine, elle se réveilla comme les oiseaux, en chantant, et elle était si gaie, si gaie, que les pinsons du jardin semblaient mélancoliques auprès d'elle. Elle ne se coucha pas plus triste pour cela, la petite cousine; tandis que lui, il passa une nuit pénible et douloureuse.

Toute une huitaine s'écoula, sans que la petite cousine devînt moins rose et moins soucieuse, tandis que lui, il devenait chaque jour plus triste et moins tranquille. La vue

de cette jolie enfant, si pure de toute faute, lui était comme
une image du bonheur qu'il avait perdu, comme un rappel
aussi de celui qu'il avait fait perdre à une autre, à la douce
Marie. Qu'elle était insouciante et enjouée, la petite cousine! qu'elle avait l'âme légère! elle jouait du matin au soir;
elle pouvait courir toute seule des heures entières comme
un papillon qui tourbillonne, comme un oiseau qui sautille
de branche en branche, sans éprouver un moment de fatigue ou d'ennui. Tout lui était gaieté. Elle pouvait s'amuser avec un bout de papier roulé, ou bien encore à tourner
sur la même place en faisant enfler sa robe et à se poser
précipitamment par terre, de façon que sa jupe formât
un superbe ballon. Et dans ces moments-là, on eût dit
un petit chat bondissant, tournoyant, courant après sa
queue.

Elle pleurait quelquefois, c'est vrai, mais ses pleurs
étaient si vite séchés! Et quelles causes légères ils
avaient, ces rapides chagrins! quelque joujou brisé ou
seulement égaré, quelque caprice d'un instant qui ne
pouvait pas se réaliser, car, il faut l'avouer, malgré le
projet qu'elle avait confié à Henri d'être la plus belle et
la plus sage des petites filles, ce jour de parfaite sagesse
n'était pas encore tout à fait arrivé; elle avait ses petits
défauts : de temps en temps, il lui venait des idées un
peu saugrenues, comme par exemple, le soir, que dix
heures ne devraient jamais sonner, et tout en proclamant
à neuf heures, même à neuf heures et demie, même à
neuf heures et trois quarts, que les petites filles doivent

se coucher à dix heures précises, lorsque sonnaient les
malheureuses dix heures, elle s'en plaignait comme
d'une cruelle injustice, et s'efforçait de pleurer! Ou bien
encore l'heure sonnée, il lui venait tout à coup des désirs
sans rime ni raison : tantôt elle mourait d'envie de voir
l'intérieur d'une montre et d'y poser le doigt; tantôt
elle s'emparait des aiguilles à tricoter de dame Anne,
et les cachait ; tantôt elle s'imaginait de faire de sa tasse
de thé un bain de pieds pour sa poupée, qui avait trop
mal à la tête. Remarquez que ces déplorables bizarreries
ne lui prenaient que vers dix heures du soir. Mais la consternation qu'amenait le refus régulier qu'on opposait à ses caprices, ne durait pas plus de quelques minutes, et bientôt
apaisée et persuadée, la petite cousine était la première
à s'étonner de les avoir eus, et à dire d'un air contrit à sa
mère :

« C'est étonnant, comme à dix heures du soir, je veux
toujours faire quelque chose d'impossible! »

Oh! elle ne connaissait pas le vrai chagrin, la petite cousine. Elle ne soupçonnait même pas ce que ce pouvait
être! Et un jour, quand Henri lui dit, ne pouvant plus contenir le désir d'épancher son cœur malade, qu'il n'avait
pas dormi de la nuit, elle lui demanda, en fixant sur lui
ses grands yeux étonnés :

« Qui t'en a donc empêché, Henri? Moi, je dors toujours et très bien.

— J'ai eu du chagrin, petite cousine, dit-il.

— Du chagrin? répéta la petite cousine avec insouciance, comme s'il se fût agi d'une chose qui n'a que très peu d'importance. Eh bien, si tu avais du chagrin, il fallait te dépêcher de t'endormir plus vite, au contraire! Tu sais quand on se réveille, tout est passé...

— Ah! petite cousine! cela ne passe pas comme tu le crois!

— Oh si! cela passe! »

La petite cousine lui paraissait alors très peu sensible. Bientôt il reconnut qu'il la jugeait mal, que ce n'était pas faute d'amitié que la petite cousine ne le consolait pas mieux, mais bien parce que, heureusement pour elle, elle ne connaissait pas le genre de peine dont il souffrait Ceux-là seuls savent comprendre toute la profondeur d'un mal qui l'ont souffert eux-mêmes.

Comment cette mignonne enfant, dont les fautes n'avaient jamais eu plus de poids que celui d'un imperceptible grain de poussière, apporté par un caprice du vent sur une surface très lisse jusque-là, aurait-elle pu connaître et apprécier ce que pèse un vrai remords?

Plusieurs fois encore, Henri tenta d'exprimer à la petite cousine ce qu'il endurait, mais toujours il rencontrait ses regards étonnés, et, pour seule consolation qu'elle connût, ses petites mains généreuses lui offraient joujoux et bonbons, comme les meilleurs remèdes contre cette singulière maladie du chagrin. Une ou deux fois, il réussit à l'inquiéter, mais alors ses grands yeux jetaient sur toute sa personne des regards si effarés, elle s'éloignait ou se rapprochait de lui avec une si visible terreur, qu'il s'em-

pressait·de la rassurer, et, pour la distraire, de lui proposer
quelque jeu. Sitôt le jeu accepté, la petite Julie redeve-
nait à l'instant même riante et épanouie comme d'habitude.

CHAPITRE V

Un jour qu'ils étaient dans le jardin, près du petit lac, la mignonne cousine s'amusant avec sa poupée et avec M. Pouff, Henri songeant toujours à ce qu'il ne pouvait oublier, on vint leur dire que Jacques venait d'arriver, et bientôt, en effet, Jacques parut en personne à l'autre bout du jardin.

La petite cousine, accourue à la nouvelle, se para de son air digne et sérieux, celui qu'elle revêtait comme un costume d'apparat pour les grandes réceptions ; mais Henri se troubla et demeura comme pétrifié. Il n'avait pas revu Jacques depuis le jour funeste... et il ne savait com-

ment le recevoir tant son cœur battait, tant sa conscience
criait.

« M'as-tu donc oublié, Henri? ne me reconnais-tu pas?
ai-je donc tant changé ? demanda Jacques en s'approchant
et en lui tendant la main.

— Mais pas du tout! répondit Henri, tu es toujours le
même ; pas du tout ! Je suis très content de te voir. »

Et sentant qu'il avait, malgré lui, l'air contraint et
embarrassé :

« Eh bien! ajouta-t-il en essayant de prendre un ton
plus dégagé, comment cela va-t-il? Qu'as-tu fait de bon,
Jacques, depuis que je ne t'ai vu? Quant à moi, je vais à
merveille, mon cher... ami... »

Ce mot *ami*, c'est à peine s'il osa l'articuler. Quelque
chose lui disait qu'il n'était plus digne de l'amitié d'un
garçon aussi honnête que Jacques. Ayant levé les yeux
après cette réponse, son regard rencontra alors le regard
loyal de Jacques, et son trouble fut tel qu'il ne trouva
rien à ajouter.

« Mademoiselle est sans doute ta petite cousine? » lui
demanda Jacques en regardant avec bienveillance la petite
personne emprisonnée dans sa dignité comme un chevalier
du moyen âge dans sa cotte de mailles.

« Oui, c'est ma petite cousine Julie, » répondit
Henri.

Malgré cette dignité dont elle se para et qui l'étouffait
un peu, quand Jacques s'adressant à elle avec son bon
sourire, lui demanda avec une gravité comique des nou-

velles de mademoiselle sa poupée, la petite cousine ne put réprimer à son tour un demi-sourire qui soudain se changea en un rire franc et joyeux. Elle présenta alors sa poupée à Jacques en disant :

« J'ai l'honneur de présenter l'aimable Mlle Mimi au savant monsieur Jacques ; Mlle Mimi se trouve très honorée de lui faire sa révérence. »

Et, prenant sa poupée, elle lui fit de son mieux imiter une révérence de grande cérémonie.

M. Jacques répondit par un salut profond, et ayant jeté un regard d'intérêt sur Mlle Mimi :

« Ah ! dit-il, que lui est-il donc arrivé, à Mlle Mimi? Serait-elle souffrante? »

La vérité est qu'elle était dans un état pitoyable, la pauvre Mimi. La petite cousine s'était avisée de lui faire prendre un bain dans l'eau glacée du lac, et le bain semblait ne pas lui avoir réussi ; sa figure de cire avait été saisie par le froid sans doute, et l'éclat de son teint était fort altéré ; il était même à craindre qu'elle ne retrouvât jamais la fraîcheur incomparable qui, jusque-là, avait fait d'elle une des plus brillantes personnes qu'on pût voir.

Mlle Julie ayant expliqué les causes du malaise de sa poupée à M. Jacques :

« Ce bain a été une grande imprudence, dit Jacques, les personnes en cire ne sont pas faites pour être trempées dans l'eau, et j'ai grand' peur que Mlle Mimi ne se ressente toujours de ce bain intempestif.

— Je le crains aussi, dit d'un air pénétré Mlle Julie. L'in-

M. JACQUES RÉPONDIT PAR UN SALUT PROFOND. (Page 68.)

tention seule était bonne, mais, par le fait, je reconnais que cette baignade a été une grande sottise. »

Jacques dit poliment que le mot sottise était un peu rude mais la petite cousine n'en voulut pas démordre.

Jacques proposa de coucher Mlle Mimi sur la mousse sous le rosier, et de la couvrir avec un mouchoir pour la préserver des rayons trop ardents du soleil, qui, du trop grand froid la faisant passer à une chaleur trop vive, au-raient pu aggraver sa position. La petite cousine approuva l'idée de Jacques, et Mlle Mimi fut voilée d'un mouchoir et mise à l'ombre du rosier.

Les soins que Jacques et la petite cousine donnèrent ensemble à cette pauvre Mimi les rapprochèrent insensiblement, et avancèrent considérablement le progrès de leur amitié. Henri vit la petite cousine s'attacher à chaque pas de Jacques, lui tendre les mains pour sauter et grimper, lui confier son espérance relativement à l'apparition probable d'un certain gâteau à la crème, au dîner, et finalement il l'entendit lui faire part de ses remarques sur le peu de valeur qu'avaient à ses yeux les livres sans images. En un mot, il vit la petite cousine traiter Jacques comme un ancien ami, et quoique la petite cousine l'invitât à chaque instant à venir se joindre à eux, quoique Jacques l'y conviât aussi très amicalement, il ne put se défendre d'un sentiment d'amertume ; bientôt, refusant de jouer avec ses deux amis, il s'éloigna dans le taillis sous prétexte d'une grande fatigue.

Là, caché derrière les arbres, il les regardait à la dérobée

d'un œil d'envie, jouant et causant sans lui, comme un frère
et une sœur l'eussent pu faire.

Ce sentiment d'amertume était souverainement injuste,
il le comprenait très bien ; mais son cœur était si malade
qu'il eut beau se raisonner et se dire que, s'il se trouvait
isolé, c'était par sa faute, que lui seul en était coupable,
que sa bouderie était d'un ingrat, ce raisonnement ne par-
vint pas à le soulager.

Quelque temps se passa. La petite cousine vint plus d'une
fois le taquiner, puis l'embrasser, mais, au lieu de l'accueillir, il la pria de ne pas s'occuper de lui. Jacques s'approcha plusieurs fois à son tour en lui adressant des paroles
affectueuses. Il ne sut que lui répondre et n'en devint que
plus confus et plus froid. Enfin, profitant d'un moment où on
ne faisait pas attention à lui, il se glissa furtivement entre
les arbres et se cacha dans un fourré d'où il put continuer
de tout voir, mais sans qu'il pût lui-même être vu ou
entendu.

Tout près de sa cachette se trouvait un pavillon tapissé
de jasmin de Virginie et de lierre, et de l'autre côté, ce
petit lac où Mlle Mimi avait pris, bien malgré elle, un bain
si froid.

Il vit bientôt Jacques entrer dans le pavillon, y apporter
ses livres, se placer devant une table rustique, pencher la
tête sur sa main, comme c'était son habitude, et s'adon-
ner à la lecture avec un visible plaisir. Un rayon de soleil,
en pénétrant entre les branches entrelacées du jasmin, qui
formaient comme un réseau mouvant sur la croisée, éclai-

rait doucement la tête pensive de Jacques. Ah! la belle et loyale tête! si calme et si sereine.

Henri n'en pouvait détacher ses yeux. Il regarda profondément celui qu'il avait tant aimé, jusqu'à ce que le voile de ses larmes lui eut troublé la vue!

« J'ai été comme Jacques, se disait-il. Sur mon visage, dans mes yeux aussi, on devait pouvoir lire autrefois l'honnêteté dans mon cœur. Ah! pourquoi ce temps est-il si loin de moi! »

Henri entendit alors la voix de la petite cousine et la vit accourir; elle l'appelait aussi, lui. Il se garda de répondre à son appel, mais Jacques répondit, et aussitôt la petite cousine s'élança dans le pavillon, en fit le tour comme une petite hirondelle, puis se plaça près de Jacques en lui demandant la permission de regarder les images dans son livre.

« Mais ce ne sont pas des livres à images, dit Jacques.

— Qu'y a-t-il donc? demanda la petite cousine, que peut-il y avoir de beau dans un livre quand il n'y a pas d'images? Dans le *Magasin d'Éducation*, il y en a beaucoup, beaucoup.

— Dans le *Magasin d'Éducation*, dit Jacques, il y a en effet beaucoup de belles images bien faites pour plaire aux petites filles, mais à côté des images il y a de bons textes charmants et utiles à lire pour tout le monde. Est-ce que par hasard Mlle Julie ne saurait lire encore que les images? »

Mlle Julie rougit un peu, sentant bien qu'il y avait une leçon méritée dans les paroles de son ami Jacques, et ne répondit pas. Pour ne pas l'embarrasser davantage, le bon Jacques reprit :

« Le livre que je lis contient l'histoire des peuples.

— Eh bien ! je veux lire avec toi ces histoires des peuples, dit vivement la petite cousine.

— Bon ! je vais donc te conter quelque chose de ce que j'ai lu tout à l'heure. »

Et Jacques commença à lui raconter ce qu'Henri reconnut bientôt pour être un épisode de l'une des guerres des républiques de la Grèce.

Jacques aimait l'histoire, donc il en parlait bien, car il y mêlait un peu de son cœur et de sa précoce raison ; mais la petite cousine ne sembla pas très charmée du récit de Jacques. Elle l'arrêta en s'écriant :

« Mais ce ne sont pas les histoires des peuples, Jacques ! ce sont des histoires qui ne racontent que des batailles. Oh ! que c'est vilain, les batailles ! Ne m'en dis plus, je n'aime pas que les hommes se soient tués, comme on dit dans ton livre que cela est arrivé. Les soldats me plaisent quand ils passent dans les rues avec tambours et musique en tête, et qu'ils vont à la promenade ou à la revue avec leurs beaux plumets ; mais si je devais penser qu'ils partent pour la guerre, cela me ferait tant de chagrin que, pour ne pas les voir, je fermerais les yeux. Raconte-moi plutôt les histoires des peuples comme tu me l'avais promis. Voyons après cette bataille, toute le monde devint sage, n'est-ce pas ? Que fit-on ? on s'embrassa ?..

— Sans doute, reprit Jacques, la guerre est une calamité pour les peuples qui ne parviennent pas à s'en garantir. Cependant il faut que je te dise la vérité avant tout, n'est-ce pas? Eh bien! après cette bataille, il y en eut bien d'autres et de plus sanglantes!

— Oh! je n'en veux pas! s'écria la petite cousine. Non! je n'en veux pas! Je veux les histoires des peuples qui ne font pas la guerre. Je ne veux pas qu'il y ait une seule bataille dans tout ce que te me raconteras. »

Ce fut en vain que Jacques chercha à prouver à la petite cousine que la guerre, si cruelle qu'elle soit est quelquefois nécessaire, qu'en tout cas ce qui a été ne peut pas se défaire, et qu'il ne dépendait pas de lui d'empêcher que les batailles passées n'eussent été livrées à toutes les époques de l'histoire; elle n'en voulut rien croire et s'en alla jouer sur la pelouse, fort mécontente, en disant à Jacques qu'elle n'aimait pas tous les *méchants hommes* qui avaient employé leur vie à se battre et à battre les autres jusqu'à les faire mourir.

En sortant du pavillon, la petite cousine passa si près de la cachette de son cousin Henri, qu'il put voir sa jolie figure assombrie encore par l'impression des récits de batailles que lui avait faits Jacques; mais il la vit, après une gambade, se rasséréner si subitement que le changement n'est pas plus prompt quand, sur l'azur du ciel, un rayon de lumière éclaire tout à coup un nuage transparent! Deux minutes après, la petite cousine était déjà tout à fait remise, et son aimable petite figure apparaissait sur les divers points

de la pelouse comme une fleur ailée allant porter aux fleurs
de la terre ses caresses et ses compliments. Bientôt on entendit sa voix perlée chanter : « Les fleurs valent mieux que les
soldats, elles ne se battent pas, elles ne se massacrent pas.
J'aime les fleurs qui jamais ne se font la guerre et fleuris-
sent en paix dans les champs. »

Cette improvisation répétée mille et mille fois sur tous
les tons, avec roulades et trilles, finit par faire sortir
Jacques du pavillon. Henri le vit, son livre à la main,
s'enfoncer dans le plus épais du jardin pour n'être plus
troublé dans sa lecture.

Tandis que la petite cousine chantait toujours avec la
même persévérance sa chanson des fleurs « *fleurissant en
paix dans les champs* », Henri restait caché, le cœur de
plus en plus malade. Mais à la fin, n'y pouvant plus
tenir, il sortit de sa retraite, entra dans le pavillon désert
en ce moment, et trouvant sur la table quelques livres
laissés par Jacques, il se mit à les feuilleter, croyant que
cela le distrairait peut-être aussi. Mais non! impossible
de lire! Chaque trait de courage, de vaillance, de pro-
bité, d'énergie ou de force morale était comme un reproche pour lui, et chaque fait honteux, au contraire, lui
semblait rejaillir directement sur lui-même et s'appli-
quer à sa situation.

Désespéré, il rejeta les livres, et, se penchant à la fenêtre, il respira le parfum suave du jasmin, espérant que
la douce odeur embaumerait un peu son chagrin. Mais
la petite cousine était toujours partout à la fois ; elle l'a-

perçut et accourut joyeusement, un bouquet de margue-
rites à la main.

« Te voilà donc enfin, Henri! Où étais-tu? dans quelle
tanière t'étais-tu donc retiré, grand ours? »

Et d'un bond elle se trouva dans le pavillon, tout près
d'Henri, et grimpant gaiement sur un banc qui était
près de la table : .

« Que faisais-tu là? J'espère bien que tu ne lisais pas
les vilains livres de Jacques qui ne parlent que de batailles. Oh, fi! il ne faut pas les lire, non, il ne faut pas
les lire. »

Et la petite cousine tapait avec ses mains rosées sur
les livres épars autour d'eux.

« Pourtant, petite cousine, tu seras obligée de les lire
un jour, si tu veux apprendre l'histoire.

— Oh! que non! répondit la petite cousine. J'appren-
drai de belles choses et non pas des vilaines! »

Et la petite cousine prit un air déterminé qui montrait
assez qu'elle était capable de livrer une bataille, elle
aussi, pour prouver son aversion pour la guerre.

Entre les livres épars sur la table se trouvait un livre
magnifique ; c'était évidemment un cadeau qu'on avait
dû faire à Jacques, car son nom était gravé sur la
reliure, et une inscription disait en outre qu'il devait
garder ce livre en mémoire d'un ami qui l'avait beaucoup
aimé. Henri se rappela avoir vu plusieurs fois ce livre
dans les mains de Jacques, qui semblait y tenir beaucoup.

Une pensée lui traversa l'esprit, une pensée si méchante, qu'il en eut peur lui-même.

« Ce beau livre-là, c'est le livre que Jacques lisait! s'écria la petite cousine. Le livre des batailles!

— C'est donc décidément un vilain livre, petite cousine? dit Henri d'une voix sourde. — Il ne savait pas trop ce qu'il disait, il avait le vertige. — N'est-ce pas? répéta-t-il encore en feuilletant le livre, c'est un livre dangereux et pervers?

— Je crois bien, c'est à cette page que tu ouvres qu'est ce général qui conduit tous les autres à la guerre, dit la petite cousine en posant la main sur une page.

— Oui, petite cousine, c'est en effet à cette page. »

Et il ajouta à voix basse :

« Que ferais-tu de ce méchant général, petite cousine, si tu le tenais?...

— Oh! répondit la petite cousine courroucée, je le mettrais en pénitence. Je le châtierais.

— Mais comment?

— Que ferais-tu, toi, Henri?

— Je ne le sais pas plus que toi, répondit Henri; cependant il me semble qu'on pourrait mettre un bonne tache d'encre sur le récit de ses exploits et, du coup, les effacer pour toujours. »

En parlant ainsi, d'une voix presque éteinte, presque inintelligible, Henri était devenu pâle comme un mort.

Il se repentit aussitôt, mais il était trop tard, oui, déjà ses paroles avaient porté coup. Tout en parlant, il avait jeté un regard sur l'encrier qui se trouvait sur la table à côté du livre de Jacques, et des yeux perçants de la petite cousine avaient jailli des éclairs de malice. La phrase d'Henri n'était pas achevée que la petite cousine avait enfoncé deux doigts de sa main rose dans le vaste encrier et avait badigeonné de noir, avec un rire fou, la page satinée du beau livre en s'écriant :

« J'ai vaincu les batailles, j'ai détruit leur général! j'ai effacé la fameuse victoire!

— Petite cousine! s'écria Henri, qu'as-tu fait? ah! petite cousine! combien Jacques sera affligé! Jacques va pleurer!

— Mais non, répondit la petite cousine tranquillement, Jacques est trop sage pour pleurer sur le sort de ce méchant général. Jacques saura comprendre qu'il fallait le punir et qu'il n'a que ce qu'il mérite. »

Et tout en parlant en juge implacable et pénétré de la justice de ses arrêts, la petite cousine promenait soigneusement ses doigts noircis sur quelques autres pages et y laissait des sillons d'encre, des taches rondes ou ovales et d'autres arabesques du même genre.

Henri, en voyant ce dégât, revint à lui. Il saisit les petites mains innocentes de Julie et s'écria avec désespoir :

« Ah! petite cousine! Ah! quel mal tu vas faire à Jacques! »

Mais il était clair que là petite étourdie ne voyait pas de mal du tout dans ce qu'elle avait fait, car elle riait

toujours de son bon et franc rire, et elle s'applaudissait
de ce qu'elle croyait avoir été une très bonne idée,
tandis que son cousin restait comme anéanti. Cependant,
la gracieuse tête de la cousine comprenait bien quand
elle prenait le temps de réfléchir, et ses grands yeux finis-
saient par voir juste lorsqu'ils se donnaient la peine
d'examiner le fond des choses. Elle se rendait compte peu
à peu qu'elle avait cédé à un mouvement par trop irré-
fléchi, et elle envisageait le tort qu'elle avait fait au
beau et cher livre de Jacques. A mesure qu'elle comprenait, la consternation se répandait sur sa figure mobile ;
ses joues pâlissaient, ses regards s'obscurcissaient de pleurs
et ses petites mains couvertes d'encre ressemblaient à de
petits insectes noirs, tant elles se crispaient et s'agitaient
au bout de ses jolis bras. Il s'ensuivit qu'au moment où
Jacques rentrait, la petite cousine, l'ayant aperçu, jeta un
grand cri et éclata en sanglots.

Jacques ne vit d'abord que l'affliction de la petite cousine, et l'air abattu et malheureux de son ami Henri. Il
fit tous ses efforts pour les calmer, et tout en les ques-
tionnant sur ce qui avait pu les mettre dans un tel désespoir, il les conjurait de prendre courage et leur demandait s'il ne pouvait pas leur être bon à quelque chose.

Les peines de Jacques ne furent pas perdues avec la
petite cousine ; la tête appuyée sur l'épaule de son grand
ami, elle commençait à se rassurer. Mais rien ne pouvait
la justifier à ses propres yeux.

« Je t'assure, Jacques, dit la petite cousine, moitié

pleurant encore, moitié riant déjà, je t'assure.... que je ne pensais pas que... en abîmant le général, cela gâterait tout le livre. »

Ce ne fut qu'alors que Jacques aperçut son beau livre taché, perdu complètement. Son émotion fut telle que ses lèvres blêmirent instantanément : .

« Ah! ce livre, s'écria-t-il, ce cher livre! Tous les autres plûtot que celui-là! C'était le seul souvenir qui me restât de mon pauvre ami Paul. »

La petite cousine, voyant cette grande douleur de Jacques, se mit à sangloter plus amèrement que jamais. Les larmes l'inondèrent, et elle soupirait tant, et elle gémissait tant, la petite cousine! Et elle cachait avec tant de honte sa figure affligée dans ses mains encore couvertes d'encre, que Jacques, touché de son repentir, surmonta sa propre douleur pour consoler celle qui la lui avait causée. J'ajouterai que, dans sa bonté, ayant mouillé son mouchoir dans une carafe, il entreprit la tâche difficile de débarbouiller le visage de la pauvre Julie, qui, de rose, était devenu aussi noir que ses mains.

Pour ce qui est d'Henri, que lui restait-il à faire? Il ne pouvait conserver d'illusion, lui; il savait trop que le vrai coupable, une fois encore, c'était lui. Il se sauva dans sa retraite du petit bois, et là, comme toujours, il pleura de ces larmes stériles qui ne soulagent pas et n'effacent rien.

« Où es-tu? Puisque je n'ai plus de chagrin, il faut que tu reviennes. »

6

Elle n'avait même pas compris, la pauvre petite, que les
paroles perfides de son cousin l'avaient seules poussée à
commettre sa faute.

Henri ne se montra pas ; la petite cousine disparut, tout
rentra dans le calme, et il resta dans sa cachette tout
seul, isolé et misérable, chargé d'une faute horrible de plus.

CHAPITRE VI

Henri commençait à s'assoupir comme quand on a la fièvre, lorsqu'un léger frôlement, celui d'une robe traversant un buisson, le réveilla. Il lui parut entendre aussi le souffle précipité d'une personne qui se hâterait, et dont un fardeau embarrassant pour ses forces rendrait la marche difficile. Attiré par l'étrangeté de ce bruit, il écarta un peu le feuillage, et il aperçut la petite cousine elle-même, qui, toute rouge et tout essoufflée, portait à grand' peine dans ses bras un grand livre. Dans ce grand livre, il n'eut pas de peine à reconnaître un magnifique ouvrage, l'*Histoire des Voyages*, ornée de très belles gravures, qui lui appartenait après avoir appartenu à son père. Quelle pouvait être l'intention de Julie sur ce livre précieux qu'il n'avait jamais voulu laisser à sa disposition? Où le portait-elle?

Il ne tarda pas à le comprendre.

La petite cousine arriva péniblement au bord du petit lac, et là, s'arrêtant, elle jeta des regards inquiets autour d'elle comme le ferait une personne qui ne tiendrait pas à être surprise au milieu d'une mauvaise action.

Grand Dieu! comme elle était changée la figure de la petite cousine! C'était à la prendre pour une autre, tant l'expression de ses traits la rendaient méconnaissable. Sans doute, c'était bien les mêmes yeux, la même petite bouche, le même nez, mais comme tout cela était contracté, crispé! Au lieu de la grâce étourdie qui faisait de ce gentil visage quelque chose de si agréable à voir, il s'y lisait comme une pensée méchante, volontairement méchante, qui en altérait tout le caractère et allait jusqu'à l'enlaidir.

Quant à la petite cousine, voyant ou croyant voir qu'elle était en sûreté, qu'aucun regard n'était sur elle, elle prit le beau livre par les deux battants de la reliure et le suspendit au-dessus de l'eau...

Il n'y avait pas à se méprendre à un pareil geste ; Henri ne put retenir un cri. Mais au même instant apparut derrière la petite cousine la figure de Jacques. D'un geste rapide, il avait saisi tout à la fois et le livre et la petite cousine, l'une portant l'autre, et s'était éloigné du lac avec son double fardeau.

ELLE PRIT LE LIVRE PAR LES DEUX BATTANTS DE LA RELIURE
(Page 84.)

« Qu'allais-tu faire, Julie ? » demanda Jacques d'une voix sévère à la petite cousine toute confuse, quand il l'eut remise à terre.

La petite cousine était trop interdite pour répondre ; ses joues étaient devenues cramoisies, et ses yeux tout ronds comme ceux d'un petit chat surpris en flagrant délit.

« Qu'allais-tu faire ? répéta Jacques.

— Oh ! Jacques, répondit enfin la petite cousine, j'ai voulu.... j'ai voulu faire nager le gros livre, j'ai voulu voir s'il irait bien sur l'eau avec ses deux battants.... »

Une fois en présence de Jacques, la figure de la petite cousine était redevenue elle-même. Henri retrouva sur ces traits ce petit air de repentir sincère qu'il lui avait vu tant de fois quand, après avoir fait une petite folie, elle promettait d'être sage.

« Tu voulais donc faire de la peine à Henri, reprit Jacques, en gâtant son beau livre ? Est-ce que cela n'était pas assez d'avoir gâté le mien ?

— Oh Jacques ! reprit la petite cousine, oh Jacques ! »

Et il semblait qu'elle ne trouvât rien de mieux à dire. Mais bientôt elle ajouta :

« Henri n'aurait peut-être pas eu de chagrin si son livre avait su nager. Il n'en avait pas eu d'abord quand j'avais mis de l'encre sur les images de bataille.

— Voyons, Julie, dit Jacques, parlons raison. »

Et s'asseyant sur un banc de gazon, il prit la petite cousine sur ses genoux, et lui expliqua avec beaucoup de calme et de netteté qu'elle essayait en vain de se tromper sur la nature de l'action qu'elle allait commettre.

« Tu savais bien, lui dit-il, que tu faisais mal, car tu te cachais. On ne se cache pas pour bien faire. »

La petite cousine était consternée de voir que Jacques eût pu lire si bien dans sa pensée, qu'il savait évidemment mieux qu'elle-même tout ce qui s'y était passé.

Jacques, voyant de grosses larmes tomber silencieusement des yeux de la petite cousine, l'embrassa. Il voulait bien la reprendre, la remettre dans la bonne voie, lui montrer où était le mal, mais non lui ôter tout courage et la désespérer.

Ce qui touchait le plus la petite cousine quand Jacques lui parlait et même la grondait, c'était l'accent de bonté avec lequel il le faisait. Une réprimande plus dure eût moins profondément peut-être pénétré dans son cœur.

« Julie, dit encore Jacques, après lui avoir démontré bien clairement sa faute, il faut que tu promettes solennellement de te défier de tes caprices et de résister à l'avenir à ceux de tes penchants qui te poussent à mal faire. »

La petite cousine fit d'une voix très émue la promesse que lui demandait Jacques.

« Sais-tu, lui dit Jacques, ce que j'ai lu quelque part un jour ?

— Dis-le-moi, Jacques, et je le saurai, » répondit humblement la petite cousine.

Et ayant embrassé la main de Jacques qui se trouvait tout près de ses lèvres, elle s'apprêta à l'écouter avec recueillement.

« J'ai lu, ma chère Julie, poursuivit Jacques, qu'à l'entrée de la vie deux chemins se présentent à nous, celui qui mène au bien et celui qui mène au mal. Le chemin du bien, au début surtout, est quelquefois rude et âpre, c'est celui du devoir. Il monte un peu, mais il conduit sûrement au but, qui est de s'élever, de vivre en paix avec sa propre conscience, et de ne faire à personne ce qu'on ne voudrait pas qu'il vous fût fait. L'autre, le mauvais, est plus large, il semble plus facile de s'y engager, car il va en descendant, mais on n'y a pas plus tôt mis le pied qu'on s'aperçoit qu'il est glissant et, de plus, bordé de précipices. Or, tu sais, quand on glisse, il est aussi difficile d'avancer que de reculer, et l'on est à chaque pas en danger de tomber. Il faut donc avoir grand souci de ne pas prendre le mauvais chemin pour le bon, car dès la première glissade, il se peut, bien qu'on le veuille, qu'on ne puisse pas se retenir, et alors, sais-tu ce qui arrive? on roule, et de chute en chute on tombe brisé jusqu'au fond de l'abîme.

— Il faut me retenir, mon Jacques! s'écria la petite cousine en l'entourant de ses deux bras. Je ne veux pas rouler, moi, je ne veux pas tomber brisée jusqu'au fond de l'abîme.

— Il faut, reprit Jacques, n'avoir besoin du secours de personne, il faut avoir du courage, de la volonté, car quelquefois on est seul, et il faut alors savoir se retenir à temps soi-même.

— Mais tu seras toujours là, Jacques, n'est-ce pas? demanda la petite cousine d'un ton suppliant, tu ne m'abandonneras jamais.

— Je ne puis pas toujours être là, dit Jacques, mais quand je n'y serais pas, ne serais-tu pas contente de te sentir courageuse, courageuse toute seule et sans aide, ce qui est bien plus méritoire?

— Mais oui! s'écria la petite cousine en se redressant, mais oui! Je serai courageuse toute seule! Que faut-il faire pour cela, Jacques?

— Il faut savoir se vaincre, dit Jacques. Écoute-moi bien : Quand tu sentiras que tu es sur le point de faire quelque chose de méchant, il faut que tu te dises : Non, je ne le ferai pas! Et il faut rester ferme et ne pas le faire. Alors, le mauvais caprice est vaincu, et tu es une personne courageuse, pour qui les honnêtes gens peuvent avoir de l'estime et de l'amitié.

— Oh oui! oh oui, Jacques! dit la petite cousine avec effusion, il sera vaincu, mon caprice, et je serai courageuse! »

Sur ces paroles de la petite cousine, Jacques l'emporta dans ses bras vers la maison. Et tous les deux, contents et heureux l'un par l'autre, par le bien même qu'ils venaient de se faire, ils disparurent.

SAVOIR SE VAINCRE!!!

Ce mot retentit jusqu'au plus profond du cœur du malheureux Henri.

« Je ne l'ai pas su ! s'écriait-il, je ne l'ai pas su ! Il est trop tard ! trop tard pour le savoir jamais ! »

Ah ! qu'ils sont à plaindre, fussent-ils cent fois coupables, ceux que le chemin glissant a séduits !

Rentré seul à la maison, Henri osa à peine aller souhaiter le bonsoir à sa mère. Les regards de cette chère maman se fixaient si souvent sur lui avec inquiétude qu'il tremblait qu'elle ne devinât son secret. Pour tromper ceux qui l'entouraient, que de peines ! et la pire de toutes, c'est qu'il était obligé, du moment où il n'avait pas la force de confesser ses fautes, de se donner l'air content et loyal.

Jacques demeura encore quelque temps dans la maison d'Henri. La petite cousine n'oublia pas la promesse qu'elle avait faite à Jacques : souvent elle passait comme une flèche, toute rayonnante, toute triomphante, cherchant et appelant son ami Jacques et lui criant : « J'ai *vaincu*, Jacques, j'ai *vaincu* encore un caprice ! » Et Jacques de sourire à la petite cousine et de l'approuver du regard.

Mais jamais, jamais, jamais la petite cousine ne s'arrêta pour dire à Henri « J'ai VAINCU ! » quoique bien souvent il se mît exprès sur son passage. Mais elle ne s'y trompait pas, un instinct secret lui disait qu'un tel mot ne pouvait s'adresser à Henri ! Une fois pourtant, dans un instant de distraction, elle se tourna vers Henri comme pour lui dire : « J'ai encore vaincu mon caprice », — et déjà il se sentait rougir de honte, — mais la petite cousine se ravisa et se contenta de lui dire :

« Laisse-moi passer, Henri, je croyais parler à Jacques. »

Jacques partit. Henri resta seul avec la petite cousine, et alors il vit, — avec quel effroi et avec quel serrement de cœur, Dieu le sait! — il vit que sa présence seule devenait nuisible et fatale pour la pauvre enfant. Oui! rien que sa présence! rien que de se trouver avec lui, dans la même chambre, rien que de respirer le même air, était funeste pour la petite cousine! Il semblait qu'à défaut de ses paroles, ses seuls regards eussent le pouvoir de lui apprendre le mal. Ainsi, un soir que Henri ne disait mot, ses regards, errant dans l'appartement, s'arrêtèrent sur le tricot de la bonne dame Anne, comme dernièrement sur l'encrier du livre noirci. C'en fut assez.... La petite cousine, presque aussitôt, retira les aiguilles à tricoter de l'ouvrage commencé, et ce fut quelques heures entièrement perdues dans un travail difficile pour la vue faible et les mains tremblantes de dame Anne.

Elle ne se plaignit pas, la pauvre dame, mais une larme lui vint aux yeux à la pensée que le fils de sa sœur, qui était d'une santé si faible, n'aurait pas pour le lendemain le cache-nez qui lui eût été si nécessaire.

Ce qui désespéra surtout Henri, ce fut l'air de gêne et de contrainte qu'eut bientôt devant lui la petite cousine, ce fut l'embarras de ses regards qu'elle n'osait plus lever aussi franchement que par le passé sur lui, ce fut le sourire défiant qui, à son approche, remplaça son rire enfantin si frais d'autrefois.

Bien rares devinrent les jours où la pauvre petite cousine ne fît pas quelque faute, et frappée de terreur, déchirée par

le regret quand elle s'apercevait qu'elle venait de suc-
comber, elle s'écriait :

« Ah! si Jacques était ici! Je serais bonne! »

Le souvenir de Jacques était le seul qui eût encore la
vertu de rendre sage la petite cousine. Dans ses pires mo-
ments, on n'avait qu'à prononcer le nom de son ami Jacques
pour que la pauvre enfant s'arrêtât de mal faire, et, tout
bas, elle demandait pardon à cet ami absent.

Henri aurait donné sans hésiter son sang pour avoir le
droit d'adresser à Julie de ces bonnes et douces paroles
dont Jacques avait le secret, mais comment eût-il pu le
faire? Une bouche coupable peut-elle dire de bonnes choses
avec autorité? un cœur lâche peut-il prêcher le courage?

Il souffrait tant dans la maison maternelle, cette maison
témoin de ses fautes, qu'il entendit avec une sorte de joie
fixer le jour de son départ pour la pension. Il se disait qu'en
changeant de place, il se séparerait peut-être aussi de ses
remords. Chaque regard de sa mère lui donnait maintenant
un frisson, chaque parole affectueuse lui serrait le cœur
au lieu de l'épanouir !

Tout, jusqu'aux murs de cette chère maison qui l'avait
vu naître, tout semblait s'appesantir sur lui comme des
montagnes de plomb.

Mais, et tout en reconnaissant la nécessité de ce départ,
il éprouvait un déchirement de cœur inexprimable, à l'idée
de dire pour longtemps adieu à sa mère toujours si tendre,
toujours chérie, mais hélas! toujours abusée. Il se déses-
pérait d'avoir à emporter la conscience qu'il avait récom-

pensé par la perfidie et la lâcheté tant de soins, d'amour
et de bonté !

Enfin, ce jour du départ arriva. Il était convenu que
l'oncle Jean viendrait le chercher pour le conduire à la
pension, et l'oncle Jean, avec son exactitude de soldat,
arriva de grand matin, toujours vert, toujours dispos, ayant
un propos jovial pour chacun et sifflotant entre ses dents
sa marche militaire favorite, ne s'interrompant que pour
demander pardon aux dames de cette habitude des camps.

Tout était prêt.

La mère d'Henri était blanche comme un lis, son sang
s'était retiré dans son cœur ; elle ne disait rien à son fils,
mais elle l'embrassait, le serrait dans ses bras à chaque
instant. La dame Anne portait des paquets, disant à son
jeune maître, en guise de consolation, qu'il trouverait de-
dans de bonnes choses ; la petite cousine se tenait muette
dans un coin, entourée de ses joujoux épars, semblable à
cette petite princesse des contes de fées qui fut un jour en-
sorcelée avec tout son entourage. L'oncle Jean faisait de
temps en temps quelques remarques sur la beauté des sites
qu'ils rencontreraient en route, sur les plaisirs du voyage
et sur les avantages de l'étude et de la science.

Enfin, on se dit adieu et on se sépara. Pauvre mère
chérie ! Sa bouche souriait à son fils en le bénissant, et
des larmes coulaient le long de ses joues amaigries. Quant
à la pauvre petite cousine, au dernier moment et peut-être
parce qu'elle s'était trop contenue, elle eut comme une
attaque de nerfs, et au milieu de ses cris elle répétait

qu'elle ne désirerait rien tant au monde que de rester auprès d'Henri, si à côté de lui on pouvait réussir à être sage.

De même qu'il est doux de se sentir aimé, de même il est pénible d'avoir à se dire qu'on n'est pas digne de l'être, et que ceux qui vous aiment cesseraient de vous aimer, s'ils vous voyaient tel que vous êtes.

CHAPITRE VII

Le voyage se fit rapidement. L'oncle Jean fut d'une bonté sans pareille. A le voir, quand on traversait une ville, tourner et s'agiter sur une place, pour courir bien que brûlé par le soleil, après un marchand d'oranges, afin d'offrir à Henri, très incommodé par la chaleur, ces fruits rafraîchissants, on eût dit qu'il était à la poursuite des pommes d'or des Hespérides. Mais par exemple, comme il retroussait sa moustache, l'oncle Jean, et riait de bon cœur en grimpant les côtes avec Henri, quand la voiture, à cause de la rudesse des rampes, ne pouvait plus aller qu'au pas! On eût dit qu'il montait à l'assaut. Avec quelle satisfaction aussi il semblait regarder les vastes prairies qui s'étendaient comme des nappes d'émeraudes au bord du chemin! Quelle préoccupation maternelle pour son neveu! Il avait pris une fois de l'avance pour aller chercher des fraises dans un petit bois qu'il savait être un peu à l'écart de la route. Comme il était heureux de les rapporter à Henri, sur une feuille, dans le creux de sa main.

« Je te gâte, mon petit gaillard, lui disait-il, mais bah! une fois n'est pas coutume. C'est le métier de ta mère, ce que je fais là, galopin! »

Enfin, ils arrivèrent à leur destination, et après avoir serré les mains à son neveu avec force, retroussé sa moustache avec une vivacité inaccoutumée et essuyé furtivement une larme, l'oncle Jean partit, sifflant sa marche de bravoure sur un rythme très agité.

Henri, en se trouvant subitement et la première fois de sa vie dans une maison étrangère, entouré de visages inconnus, fut loin de ressentir le soulagement qu'il en avait espéré. Oh! les visages amis, qui donc pourrait les faire oublier, les remplacer? Est-ce que les vieux amis se refont?

Cette pension était vaste. La maison contenait de longues salles d'étude, entourées de grandes cours et d'un jardin spacieux, coupé par de larges allées de marronniers. Au milieu du vague murmure qui s'élevait de toutes les parties de la maison, Henri n'entendit rien distinctement, sinon la voix du maître de l'institution qui, en passant dans le parloir, lui adressa quelques paroles de bienvenne. Il était là, accoudé sur la barre d'une fenêtre, regardant d'un œil inquiet cette vaste ruche, quand tout à coup il se fit une rumeur sourde, comme si les flots de la mer s'agitaient dans l'éloignement. Bientôt la rumeur s'approcha, et au lieu des flots de la mer, ce fut un flot de jeunes têtes qu'il vit, par toutes les portes ouvertes, se précipiter dans les cours, se répandre et envahir, en un clin d'œil, tous les espaces.

Probablement on avait quelque nouvelle de l'arrivée d'un nouveau, car il vit que tous les regards semblaient chercher quelque chose de curieux. Sa présence à la fenêtre ne tarda pas à être signalée, et ce fut subitement une mêlée de cris, d'exclamations, d'apostrophes et de rires à son adresse. Toute cette foule vive et tapageuse se porta sous la fenêtre ; on lui tendait les mains de loin, on lui faisait des questions, on lui proposait tel jeu ou telle lutte ; il crut même voir quelques gestes de menace enjouée, quelques grimaces très drôles, mais il n'en était pas bien sûr, car il fut intimidé et comme abasourdi par l'éclat de centaines d'yeux brillants et moqueurs et par le son d'innombrables voix sonores et joyeuses.

Le maître s'approcha de la fenêtre à son tour, et par signe l'invita à venir jouer avec ses nouveaux camarades. Quand il fut descendu, il le conduisit au milieu d'eux et le présenta à quelques groupes d'élèves, en exprimant l'espoir qu'ils voudraient faire accueil au nouveau venu et ne pas tarder à devenir ses amis.

La connaissance est facile entre écoliers. C'eût été un

souvenir agréable dans la vie d'Henri que celui de cette
entrée en communauté de vie avec des enfants de son âge,
si dans son cœur une voix secrète ne lui eût dit : « S'ils
savaient ce que tu as fait, et que tu es un ami perfide, au
lieu de t'accueillir si cordialement, ils te repousseraient!
Ils te croient bon et franc. L'es-tu? »

Là encore il sentit donc qu'on ne se débarrasse pas
du cri de sa conscience et que partout, partout on l'en-
tend.

Après cette première journée passée au milieu d'un
monde si nouveau, lorsque toute cette maison si agitée fut
rentrée dans le calme profond du sommeil, quand au bruit
du jour eut succédé l'absolu silence de la nuit, quand il se
vit couché dans un vaste dortoir au milieu d'autres lits
blancs, où reposaient tant de petites têtes insouciantes,
plongées dans leurs oreillers, il se sentit tout aussi malheureux que dans la maison maternelle, et sa nuit ne fut
ni moins douloureuse, ni moins tourmentée que celles qu'il
avait passées dans sa chambre à la maison depuis ses fautes.

Tout près de son lit se trouvait celui d'un petit garçon
si heureux que, même dans son sommeil, il ne faisait que
babiller. De temps en temps, on entendait même de petits
éclats de rire sortir de sa bouche entr'ouverte. Ses mains
aussi s'agitaient gaiement autour de son oreiller, comme
pour applaudir à je ne sais quel épisode de ses rêves qui
lui plaisait infiniment.

Longtemps Henri resta à observer ce petit dormeur si

heureux, pensant qu'il donnerait volontiers tout ce qu'il devait jamais posséder de biens pour avoir un quart d'heure d'un si joyeux sommeil.

Le lendemain, en entrant dans les classes, la première personne qui vint à sa rencontre, ce fut Jacques, Jacques, son ancien ami ! Sa joie, en revoyant quelqu'un de son pays, fut telle qu'il se jeta dans les bras de Jacques et oublia un instant, dans cet élan spontané, toutes ses peines. Mais bientôt après il le quitta plus confus et plus abattu que jamais. Jacques, c'était un témoin de sa vie passée. Il avait eu envers Jacques de grands torts que, lui présent, il ne lui était plus permis d'oublier. Il dut comprendre alors que décidément toute joie, tant qu'il n'aurait pas expié ses fautes, se changerait pour lui en amertume, et que tout plaisir, si fugitif qu'il fût, ne servirait qu'à réveiller un remords !

Quelques jours s'écoulèrent, partagés entre l'étude et le jeu, et le jeu et l'étude furent troublés souvent par l'état pitoyable de son âme. Jacques était très aimé de ses camarades et de ses maîtres ; on pourrait dire même qu'il était en quelque sorte respecté des uns et très estimé des autres. Bien des fois, quand une querelle s'engageait, quand une dispute s'échauffait, on prenait Jacques pour arbitre, et il n'y avait pas d'exemple qu'on eût murmuré contre ses jugements ; bien des fois, les discussions, les paris, les punitions et les récompenses furent suspendus parce que Jacques était absent. Même dans les affaires pressées, on aimait mieux l'attendre que de les résoudre sans lui. Le

matin à son arrivée, ou le soir à son départ, car Jacques
logeait au cœur de la ville chez un vieil ami de son père et
ne venait qu'en externe à la pension, il s'élevait autour de
Jacques un concert de démonstrations affectueuses et de
sympathies!

En un mot, la situation de Jacques était d'autant plus
digne d'envie, qu'elle était justifiée par sa conduite et son
caractère.

Un jour qu'Henri était plus accablé, plus triste que de
coutume, quelques élèves s'approchèrent de lui et, fixant
sur lui des regards pénétrants, ils lui demandèrent pourquoi il semblait fuir la présence de Jacques, lorsque Jacques, au contraire, lui avait fait plus d'avances qu'il n'en
avait jamais fait à un autre.

Cette question inattendue le troubla si fort, qu'il resta
quelque temps sans répondre.

« Explique-toi donc! s'écria un de ses camarades de
classe qui, du moment qu'il s'emportait, et cela n'était jamais long, fronçait tout de suite ses noirs soucils, et, ren-
versant en arrière sa tête couverte d'admirables cheveux,
prenait de si fières attitudes qu'on l'avait surnommé le
petit Mars.

— Je ne puis vous répondre, balbutia Henri intimidé.

— Tu ne peux pas répondre! repartit vivement le jeune
descendant du dieu de la guerre, ah! tu ne peux pas? »
Et, s'approchant d'Henri, le poing en avant : « Eh bien,
dis-nous au moins pourquoi tu ne le peux pas! »

Henri, plus mort que vif, murmura!

« Non, jamais je ne pourrai répondre. »

Et il ajouta pour motiver son refus :

« J'ai donné ma parole de me taire. »

Le malheureux ne savait plus ce qu'il disait.

« Tu as donné ta parole! s'écria un autre élève que cette réponse frappa d'étonnement. Quoi! Jacques serait-il coupable de quelque chose de si grave que cela ne puisse pas se dire? Jacques aurait-il quelque révélation fâcheuse à redouter de toi ou de tout autre au monde? »

Le misérable cœur d'Henri saisit ce prétexte comme une planche de salut, et perdant dans sa terreur tout sentiment de justice et le peu de bonne foi qui lui restait :

« Je ne puis rien révéler, dit-il d'un air hypocrite. Quand la parole est donnée, vous savez... »

Personne n'en demanda d'avantage, mais les élèves s'éloignèrent tout bouleversés, le petit Mars à leur tête, le petit Mars qui semblait éprouver une cruelle et inattendue déception.

Henri resta seul dans son coin, ne pouvant encore croire lui-même au nouveau crime qu'il venait de commettre. C'était donc une chute de plus dans le chemin glissant. Sa tête était en feu, tout son être palpitait et tremblait comme les branches d'un arbre secoué par un violent orage.

C'était justement un dimanche, et Jacques était absent. La consternation se répandit dans toutes les cours, elle fut

ET S'APPROCHANT D'HENRI, LE POING EN AVANT. (Page 101.)

profonde et générale. Les jeux et les rires s'arrêtèrent, même parmi les plus petits. Le nom de Jacques se répétait à voix basse au milieu des groupes consternés. Jacques, le modèle de tous, ne serait-il donc qu'un vil imposteur qui aurait surpris l'estime et l'affection qu'il ne méritait pas? Mais la puissance de la calomnie est telle, ces esprits naïfs supposaient si peu d'ailleurs l'horrible noirceur dont Henri venait de se rendre coupable, que personne n'osa protester en faveur de Jacques, qu'aucun doute ne s'éleva sur la véracité d'Henri.

La nuit qui suivit la révélation d'Henri, il ne fut pas le seul que l'insomnie poursuivit jusqu'au matin. Plus d'une jeune tête accablée chercha en vain le sommeil accoutumé dans les petits lits du pensionnat.

On se réveilla de très bonne heure, et pendant toute la matinée il régna encore dans la pension une agitation extrême, qui se changea en une immobilité silencieuse et glaciale à l'entrée de Jacques.

Jacques, qui était à mille lieues de se douter que tout pût avoir si subitement changé à son égard dans la pension, et que la popularité fondée même sur l'estime et les services rendus pût être si fragile, Jacques arrivait calme et souriant à tous comme toujours, tout prêt à écouter le récit d'un camarade étourdi ou embarrassé, et à lui rendre les bons offices dont il aurait besoin.

Le silence inaccoutumé qui l'accueillit étonna donc beaucoup Jacques. Il demanda avec inquiétude ce qui avait pu se passer depuis son absence, et ses regards se tournèrent de

tous côtés, comme s'il eût cherché sur le visage de ses amis
la raison d'une répulsion si imprévue.

Voyant qu'on ne semblait pas disposé à lui répondre, il
prit à part le fils du dieu Mars, dont il connaissait la brus-
que franchise, et le somma de s'expliquer. Mais un maître
survint, qui annonça que l'heure de la classe avait sonné ;
le bouillant jeune Mars l'eût-il voulu, il eût été dans l'im-
possibilité de répondre. Mais la vérité est qu'il ne fut pas
fâché de l'incident qui lui épargnait une tâche difficile.
Henri, en rentrant en classe avec la foule de ses camarades
avait la mort dans l'âme. Était-il donc bien vrai qu'il eût
pu se dégrader au point de calomnier le meilleur de ses
amis pour échaper à un embarras momentané? Les paroles
de Jacques à sa petite cousine, quand il lui avait fait comprendre que le chemin du mal est glissant et que de chute
en chute, il mène à l'abîme, lui revinrent. Il en sentit toute
l'implacable justesse et se dit : « Il faudrait s'arrêter cependant ; si je ne remonte pas du côté du bien, si par un effort
véhément je ne rentre pas dans la bonne route, ah! c'en est
fait, je suis perdu! »

Il ne pensa plus alors qu'à une chose : échapper à ce supplice à tout prix. Mais sa résolution n'était pas généreuse,
car il ne pensait qu'à se délivrer de son mal et non à défaire celui qu'il avait fait à Jacques, sa résolution, dis-je,
inspirée par le seul égoïsme, le conduisit à aggraver encore
sa situation.

L'heure de la récréation avait à peine sonné, qu'avant
même de sortir de la classe, prenant à part quelques-uns des

plus estimés parmi ses camarades, il eut l'odieux courage
de leur rappeler que la confidence qu'il leur avait faite était
de celles que l'honneur devait leur défendre de divulguer,
qu'il demandait donc leur parole que Jacques ne serait averti
par personne de ce qu'il avait eu la faiblesse de leur confier,
qu'après avoir presque trahi Jacques à leur profit, il comptait
qu'ils n'abuseraient pas de la confiance qu'il avait eue en eux
pour le trahir à son tour, et qu'ils devaient comprendre en un
mot qu'il serait désolé que Jacques pût jamais apprendre
qu'il n'avait pas gardé son triste secret.

Il avait l'air si inquiet, il parla avec un tel air de sincérité
que personne ne mit en doute sa bonne foi. On lui promit
solennellement que sa juste prière serait exaucée, et que
quoi que pût alléguer Jacques, on ne lui dirait rien.

La première parole de Jacques, quand on fut au milieu
de la grande cour, fut pour renouveler sa demande d'ex-
plications.

« Vous savez mieux que nous, lui fut-il répondu, ce que
nous pourrions vous dire, vous n'obtiendrez donc pas que
nous parlions. Il vous est bien arrivé sans doute de récla-
mer la discrétion de quelqu'un dans votre vie ; nous nous
sommes obligés par serment à ne pas vous dire les motifs
de notre conduite à votre égard. Nous tiendrons notre
parole, et c'est en vain que vous vous efforceriez de nous
y faire manquer.

— Mais c'est de la folie ! s'écria Jacques, il ne peut y avoir
dans tout cela qu'un absurde et odieux malentendu.

— Interprétez comme vous voudrez notre manière d'être,

s'écria le petit Mars irrité, et se posant devant Jacques comme jamais il n'eût eu la pensée de le faire la veille, peu nous importe; tenez-vous seulement pour dit, monsieur Jacques, que nous vous prions de ne vous mêler ni à nos jeux ni à nos conversations. C'est résolu, tout est fini à jamais entre les élèves de la pension et vous. »

Jacques devint très pâle, mais il restait calme et ferme comme un âme qui se sait sans tache et sans souillure.

« Je ne m'abaisserai pas plus longtemps à me défendre, dit-il avec tristesse ; des juges qui condamnent un accusé sans lui dire seulement de quoi ils le supposent coupable et sans vouloir l'entendre, ne sont pas des juges ; leur jugement ne saurait déshonorer qu'eux-mêmes. J'aurais le droit de vous haïr, vous qui vous conduisez en ennemis envers moi qui vous ai toujours aimés et assistés en bon camarade, je me contente de vous plaindre. Vous êtes plus malheureux que moi, car vous avez dès à présent à vous reprocher la pire des fautes, une injustice criante! »

Cela dit, Jacques rentra à la salle d'étude sans précipitation, le regard haut. Il fit un paquet de ses livres, écrivit un mot au maître de la pension pour le remercier des bontés qu'il avait eues pour lui, et se contenta d'ajouter qu'un événement de famille le forçait de retourner le jour même chez ses parents.

Cela fait, il traversa la cour, sans embarras comme sans forfanterie. La porte lui fut ouverte par le gardien, et il disparut.

Ce fut une stupéfaction profonde dans la pension quand on vit que Jacques était décidément parti. Était-ce une victoire ou une défaite ? Chacun sentait qu'on avait tout au moins été bien précipité et bien sévère pour cet ancien camarade, mais tous n'interprétaient pas le départ si digne de Jacques en sa faveur.

« Il a payé d'audace, s'écriaient-ils ; il n'a jamais manqué d'aplomb, maître Jacques ! mais enfin est-ce qu'on peut croire que, s'il ne s'était pas senti coupable, il aurait si vite abandonné la partie ? Sa fuite est un aveu. »

Cependant que faisait le jeune Judas, qu'abritait l'ombre de la pension, tandis que le juste, exilé, souffrait par sa faute ? Oui, que faisait-il ? — Retiré dans le dortoir pour cacher à tous sa honte et son désespoir, il se jetait à genoux, implorant du Dieu terrible, qui d'un geste peut réduire les méchants en poussière, la punition de son forfait. Pleurant, gémissant, se tordant dans les convulsions du repentir, il cherchait, sans le trouver encore, le moyen d'expier par un châtiment sans merci le nouveau crime dont il venait de se rendre coupable.

Dans l'excès de sa misère, il en vint jusqu'à essayer de se briser la tête contre les murs, et se mit le front et le visage tout en sang.

Ne le voyant pas apparaître à l'heure du dîner, le petit Mars, qui l'avait cherché partout et que son absence avait étonné, finit par le découvrir couché tout de son long sur son lit et dans le plus pitoyable état.

Henri, à moitié évanoui, lui dit, pour expliquer son absence des exercices de la pension, qu'il avait fait une chute en montant l'escalier.

Le bouillant petit Mars ne fit qu'un bond jusqu'à l'infirmerie, et en ramena l'infirmière qui appliqua des compresses et des bandages sur le front d'Henri.

« Il a un peu de fièvre, dit-elle au petit Mars, il faut le laisser tranquille ; demain il n'y paraîtra plus. »

Le petit Mars, qui, en sa qualité de guerrier, avait eu plus d'une bosse au front, descendit dans la cour et apprit à ses camarades ce qui était arrivé à Henri. Cette explication vint à point pour colorer son absence dans un moment si solennel, et la journée se passa, et puis la nuit.

Mais, le lendemain matin, l'ami des parents de Jacques, son correspondant dans la ville, se rendit à la pension pour savoir du directeur ce qui avait pu faire prendre à Jacques la résolution subite de quitter sa maison.

Jacques était d'ordinaire si raisonnable qu'il ne se l'expliquait pas. Il n'avait d'ailleurs pu faire parler Jacques qui à toutes ses instances, s'était contenté de répondre :

« Non, non, pardonnez-moi, mais je n'y remettrai jamais les pieds. »

Cela n'eût été rien encore, mais le pire c'était qu'une terrible complication était survenue dans la nuit. Jacques, si maître de lui d'ordinaire, avait été pris d'un subit délire, et le médecin appelé avait annoncé qu'une fièvre dangereuse, une fièvre cérébrale, allait sans doute se déclarer.

Le pauvre Jacques avait fait un effort si violent pour contenir ses impressions dans cette cruelle épreuve, que la nature prenait sa revanche.

Le directeur de la pension avait en vain interrogé tous ceux de ses élèves en qui il pouvait avoir confiance ; tous avaient déclaré qu'ils ne pouvaient l'éclairer sur les motifs de la résolution de Jacques.

Henri eut connaissance presque aussitôt de tous ces détails par son nouvel ami le petit Mars. Celui-ci, après avoir été un des premiers interrogé par le directeur de la pension, n'avait rien eu de plus pressé que de monter bien vite jusqu'au dortoir pour mettre Henri au courant.

Il lui dit tout ce qu'il venait d'apprendre : le silence obstiné de Jacques vis-à-vis de son correspondant, son refus de rien lui expliquer, sa volonté formelle de ne pas rentrer à la pension. Il lui raconta le calme de Jacques et sa convenance parfaite pendant la lutte qu'il avait eu à soutenir avec l'ami de sa famille dans ce débat, puis sa maladie subite, qui avait pris tout à coup les plus graves proportions.

« C'est le remords ! s'écria finalement le petit Mars, c'est la honte.... »

Pendant que le petit Mars parlait, on eût pu lire dans les yeux d'Henri la consternation la plus profonde et une sorte d'égarement. Mais le petit Mars n'avait pas achevé qu'Henri était habillé et debout. Animé cette fois d'une vraie résolution, le cœur plein enfin d'un généreux courage, il descendit aussitôt dans la cour, la tête encore emmail-

lotée de ses bandeaux. Il ne dit que ces mots au petit
Mars, qui ne comprenait rien à sa résurrection :

« J'ai fait le mal, je le réparerai. En attendant, dis à
tous les élèves, de ma part, que Jacques est le plus loyal
garçon de la terre, et que c'est moi qui, en partant, te l'ai
dit. »

CHAPITRE VIII

Avec une décision qui jusque-là lui avait toujours manqué, Henri profita d'une absence momentanée du gardien
dans le vestibule de la pension, tira le verrou qui fermait
la porte d'entrée et prit, rapide comme une flèche la direc-
tion de la maison habitée par Jacques. Sonner, entrer,
monter dans la chambre de Jacques, déclarer à son correspondant qu'il ne le quitterait pas tant qu'il serait en danger, tout cela fut l'affaire d'un instant. Le correspondant
de Jacques était un ami de la mère d'Henri. Il accepta
l'offre d'Henri, et lui montrant un petit cabinet à côté
de la chambre du malade :

8

« Vous coucherez là, lui dit-il, sur ce petit lit.

— Je veillerai, répondit Henri, je n'ai pas besoin de lit. »

Le médecin ne s'était pas trompé ; pendant six semaines, Jacques fut entre la vie et la mort ; pendant six semaines Henri ne quitta pas le chevet de Jacques. Quand on lui disait : « Vous tomberez malade, » il répondait : « Pourquoi pas? Jacques l'est bien ; est-ce que je ne devrais pas l'être à sa place? »

C'est tout au plus si, au bout de huit jours, on avait obtenu de lui qu'il prît de loin en loin quelques heures de repos. Il se multipliait, et le docteur interrogé, déclara qu'il n'eût pu désirer un meilleur garde-malade pour Jacques.

Après six semaines, Jacques entra en convalescence. On lui dit ce qu'Henri avait fait pour lui. C'était à qui lui parlerait avec enthousiasme du dévouement extraordinaire de son petit ami. C'était avec des larmes d'admiration dans les yeux qu'on lui vantait l'infatigable douceur, l'adresse extrême et la fermeté d'Henri.

« Attendez, répondait Henri, ne dites pas de bien de moi à Jacques, et quant à vous, gardez-vous d'en penser. Vous ne saurez que trop tôt, quand Jacques aura la force de m'écouter, que je ne mérite aucun de vos éloges. »

Le maître de la pension, mis au courant par le petit Mars, avait envoyé très souvent demander des nouvelles de Jacques, et un jour il était venu lui-même avec le jeune dieu de la guerre, qui avait demandé comme faveur extrême de pouvoir l'accompagner.

Ah! combien Jacques leur avait paru changé à tous les deux! Combien ses yeux, brillants encore de fièvre, étaient caves et ses joues amaigries! On avait dit au maître aussi bien qu'à l'élève la noble conduite d'Henri, et le petit Mars, dans un élan de bon cœur, s'était jeté à son cou pour l'embrasser.

« Ne m'embrasse pas, s'était écrié Henri en le repoussant doucement, c'est ce bon Jacques qu'il faudrait embrasser, si tu étais capable d'embrasser quelqu'un sans l'étouffer. »

Le fils de Mars regardait Henri tout en l'écoutant parler.

« Qu'est-ce que tu as? lui disait-il, qu'est-ce que tu as, toi aussi? tu n'es plus le même *homme;* tu peux te vanter d'avoir en peu de temps changé du tout au tout : tu avais l'air d'une petite fille toujours inquiète et sombre, tu as aujourd'hui le regard d'un soldat qui a vu le feu. Dieu me pardonne, Henri, moi qui t'aurais dédaigné, je crois qu'aujourd'hui, si nous avions une querelle, je te ferais l'honneur d'une bataille en champ clos, et que je trouverais en toi un adversaire digne de moi.

— Tu te trompes encore, cher petit Mars, répondit Henri avec douceur, mais avec assurance ; non, je ne suis pas digne encore d'un adversaire tel que toi. Ton bras loyal me dédaignerait avec raison... Mais remettons tout cela à plus tard, quand Jacques sera debout. » Et après un instant : « Quand Jacques sera debout, reprit-il avec une fermeté extraordinaire, eh bien, mon premier devoir sera de me mettre à ses genoux... et aux tiens. »

Le petit Mars n'y comprenait rien. Il était fort intrigué.

« Quel drôle de garçon! s'écria-t-il. C'est égal, je l'aime mieux comme cela que quand il était si grimaud. »

Enfin le jour, jour tant attendu, et en dépit de son courage, tant redouté par Henri, le jour de la pleine convalescence de Jacques allait arriver. Henri avait écrit à sa mère de venir pour célébrer ce jour heureux, et l'avait suppliée d'amener avec elle non seulement la petite cousine, mais aussi Marie, Marie qu'il la priait de vouloir bien demander à son père pour une huitaine de jours, tout au moins. Le père et la mère de Jacques étaient dans la ville depuis quelque temps déjà, et, apprenant et voyant tout ce qu'Henri avait été pour Jacques pendant les longs jours et les terribles nuits de sa cruelle maladie, ils s'étaient mis à l'aimer comme un fils, et souvent la mère lui disait :

« Henri, toi aussi, tu es mon enfant.

— Vous vous abusez, répondait Henri. Non, non, ne m'aimez pas, car un jour viendra, et bientôt, hélas! où vous ne m'aimerez plus.

— Quel dommage qu'il soit bizarre! reprenait la mère de Jacques, il est si bon.

— Si bon? ajoutait leur hôte, dites mieux, dites que c'est un ange, car c'en est un; je n'en imagine pas dans le paradis qui puissent valoir mieux pour le dévouement que ce petit bonhomme-là. »

Dans les derniers jours, Jacques, plus fort et en état de parler, disait quelquefois à Henri :

« Mais embrasse-moi donc, tu es mon frère. Maman t'aime comme son fils.

— Plus tard! plus tard, soupirait Henri, plus tard, peut-être. Si quand tu sauras tout, tout, tu veux m'embrasser une fois, une seule fois, ah! cher Jacques! peut-être me laisserai-je aller à accepter de toi cette grande joie d'un baiser que je n'aurai pas mérité encore, mais que du moins je n'aurai pas surpris et volé tout à fait.

— Quand je saurai tout, reprenait Jacques, mais quoi donc?

Henri lui fermait la bouche :

« Plus tard, plus tard, » répétait-il.

Jacques, quelquefois, questionnait son étrange petit camarade sur l'incident qui avait amené son départ de la pension et par suite sa maladie. Henri, la tête dans ses mains, suppliait encore Jacques de se taire.

« Quand tu ne seras plus malade du tout, disait-il, plus du tout, je t'expliquerai ce mystère ; seul je sais tout, mais d'en parler avant que tu sois entièrement rétabli, cela est impossible, et cela me fait, oh! cela me fait un horrible mal de t'entendre m'interroger avant l'heure où je pourrai te répondre. »

Dans ces moments-là, Henri devenait si pâle, et sa figure se contractait dans une si extraordinaire angoisse, que Jacques n'insistait plus et répondait doucement :

« Calme-toi, Henri, et pardonne-moi. J'attendrai. »

« Ta mère est là, Julie est là, Marie est là, dans le jardin, » vint dire un jour le correspondant de Jacques à Henri.

Par extraordinaire, Henri reposait dans un fauteuil. Les veilles, la fatigue, et plus encore les émotions qu'il avait

refoulées, avaient fini par le jeter dans une sorte de lan-
gueur contre laquelle ses nerfs seuls et son énergie morale
parvenaient à réagir. Mais à cette nouvelle : « Ta mère est
là », bien qu'il l'attendît tous les jours, à cette nouvelle, il
fondit en larmes. C'étaient les premières larmes qu'il eût
versées depuis qu'il faisait son métier de garde-malade. Il
faut croire que ces larmes étaient déjà moins amères que
celles que si souvent nous l'avons vu répandre, car elles sem-
blèrent le soulager. Les autres, celles d'autrefois, lui brûlaient les yeux.

« Laissez-moi pleurer, dit-il, pleurer encore un peu. Je
crois presque que l'on peut pleurer avec plaisir. »

Bientôt il fut dans le jardin. Ah! quelle rencontre, quelle
joie pour sa mère, qu'elle était fière de son Henri qui s'é-
tait montré si bon, si dévoué pour ce Jacques qu'elle aimait depuis longtemps déjà, mais qu'elle aimait davantage
encore depuis que, à cause de lui, elle avait entendu dire à
tous tant de bien de son fils !

Henri la repoussait doucement :

« Attends, mère, disait-il, attends, mère chérie. — Attends, dit-il aussi à l'impétueuse petite cousine qui décla-
rait que, puisqu'il était le sauveur de son Jacques, elle allait bien sûr le manger. — Attends, dit-il enfin à la douce
Marie. Ah! pauvre Marie, tu ne sais pas ce que tu vas apprendre ; mais, quand tu le sauras, tu comprendras trop
que je t'aie dit : «Attends! »

L'heure voulue par Henri était enfin venue. Toutes les
personnes convoquées par lui étaient rassemblées dans le

rond-point du jardin. C'était par un temps béni. On eût dit que le plus doux et le plus brillant jour de l'année avait voulu luire à point pour aider Henri dans sa tâche cruelle Et Jacques convalescent, mieux que convalescent, Jacques guéri, bien qu'un peu faible encore, mais souriant, était là dans un fauteuil bien garni d'oreillers ; tous les gens de la maison y étaient aussi. Henri avait dit :

« C'est devant tous que je veux parler, et je vous demande en grâce à tous de vouloir bien m'écouter jusqu'au bout sans m'interrompre. »

Qu'allait-il dire ? Sa mère, Jacques, Marie, tous se le demandaient avec inquiétude et curiosité. Que pouvait-il avoir à dire de si grave, le bon et aimable Henri, et qui exigeât tant de témoins et tant de solennité ?

Le dieu Mars lui-même, convoqué pour la circonstance, le dieu Mars assistait, debout derrière le banc des dames, à cette mémorable séance ; il bouillait d'impatience et se demandait à part lui si Henri n'était pas, qu'on nous passe le mot, c'était un de ses mots favoris, si Henri n'était pas « toqué ! »

Oui, qu'allait dire Henri à tous ses amis réunis ?

Il allait dire, Henri métamorphosé, il allait dire sa vie depuis deux ans : ses fautes, ses méfaits, ses crimes. Il allait raconter, sans en rien omettre, avec la fidélité de l'historien le plus vengeur, la longue histoire que vous venez de lire.

Sa voix, tremblante au début, se raffermit bientôt ; une suprême, mais généreuse émotion l'animait.

Il dit tout, — tout ; — ce fut une confession générale. Sa mère, la douce Marie, la petite cousine, Jacques lui-même, je dois le dire, ne l'écoutèrent pas toujours sans frémir. Ah dame ! c'est qu'Henri ne faisait rien pour adoucir les ombres noires du tableau ; bien au contraire, il les chargeait avec une telle véhémence, et sa voix pénétrante redisait avec une telle énergie ce qui s'était passé dans son cœur misérable pendant ces deux horribles années, que les assistants pâlissaient parfois rien qu'à l'écouter, et que le visage de quelques-uns fut plus d'une fois mouillé de larmes de pitié.

Henri avait fait promettre qu'on ne l'interromprait pas jusqu'à ce qu'il eût dit : « J'ai fini. »

Quand son lamentable récit fut achevé, il se leva :

« J'ai avoué mes fautes, dit-il, mais je ne les ai pas expiées, et je ne mériterai votre pardon à tous, et je prétends ne le recevoir de personne, pas même de ma mère, que quand, pendant de longues années, j'aurai prouvé que, si loin qu'on ait été sur le *chemin glissant*, quand on a la volonté d'en sortir et le ferme propos de redevenir digne de ceux que l'on a aimés, on en sort.

« Vous l'avez vu, j'ai été, je suis encore peut-être un enfant faible, lâche et égoïste, un ami perfide, un fils trompeur, indigne de la tendresse de sa mère.

— Ah ! pauvre Henri ! murmura la mère d'Henri à moitié défaillante.

— Vous l'avez vu, reprit Henri, ce ne sera pas trop d'une vie tout entière de courage et de dévouement pour rache-

J'AI AVOUÉ MES FAUTES, MAIS JE NE LES AI PAS EXPIÉES.
(Page 120.)

ter les crimes de ma lâcheté passée. Je demande à ma mère, au nom de tous ceux que j'ai trahis, offensés, trompés indignement, qui ont souffert à ma place, je lui demande de me permettre de prendre une carrière dont chaque heure exige un effort et me rapproche des qualités qui me manquent le plus. Je veux être marin. Il faut que je quitte tout ce qui m'est cher, que j'affronte le vent et la tempête, que je partage la rude vie de nos pauvres matelots, que je parte comme mousse, en un mot, pour être assuré que, quand je reviendrai, ce ne sera plus la main d'un être indigne du nom d'homme qui s'offrira à la vôtre, mais celle d'un garçon enfin corrigé, puni par lui-même, et, du cœur à la tête, renouvelé. »

La mère d'Henri poussa un cri d'effroi à cette déclaration de son fils. Henri plia le genou devant elle :

« Mère, dit-il, permets à ton fils de se réhabiliter et de devenir enfin ce qu'il n'était plus, un honnête homme. Mère, sois forte à ton tour, sois forte après avoir été trop faible peut-être. Qui sait si ta bonté, dont j'ai tant abusé, n'a pas été pour quelque chose dans mes vices! Permets-moi donc de m'être rude à moi-même pendant que le mal n'est pas irréparable.

— Il a raison, dit Jacques.

Et, allant à Henri, il lui serra la main et lui dit :

« Aujourd'hui tu es un brave garçon, Henri.

— Il a raison, dit le dieu Mars.

— Il a raison, dit le père de Marie.

— Il a raison, dit l'oncle, qui, pendant tout le récit

d'Henri avait oublié de siffler sa marche favorite ; il a fait
des sottises, qu'il les répare.

— Oh ! mon cher Henri, dit Marie en se jetant dans
ses bras, tu as raison. Tu sais bien que je te pardonne, moi,
mais je sens bien qu'il faut, en plus, que tu en puisses venir
à te pardonner à toi-même.

—Pour moi, dit la petite cousine qu'on n'interrogeait pas,
j'aime beaucoup aller en bateau, je comprends qu'Henri
veuille aller sur les grands navires, et dès qu'Henri sera
amiral, s'il veut me faire faire voyager sur le petit lac, cela
me fera bien plaisir. »

Quant aux fautes d'Henri, elle n'en dit que ce mot :

« Henri a été bien méchant, c'est vrai, mais moi aussi
je ne suis pas toujours bonne ; il faut oublier le mal pour
ne plus voir que le bien. »

Henri avait raison, en effet, et la petite cousine, en disant qu'il faut oublier le mal, n'aurait pas eu tort tout à
fait si elle avait ajouté : « Lorsque l'auteur de ce mal a
tout fait pour le réparer. »

Où elle eut presque raison tout à fait, c'est en disant :
« Quant Henri sera amiral .... » car, mes enfants, et voilà
à quoi sert le courage après la faiblesse, le courage moral
qui seul peut tout réparer, car son cousin, après avoir
conquis tous ses grades par la continuité de sa bonne conduite, par son application, par ses études et par quelques
actions d'éclat qui le mirent avec les années en première
ligne dans l'estime de tous, son cousin est aujourd'hui, non
pas encore amiral, mais déjà capitaine de vaisseau, et en

passe de monter aux plus hauts grades. S'il n'est pas parvenu à faire entrer son vaisseau cuirassé dans le petit lac où la petite cousine avait voulu noyer son livre d'*Histoire des voyages*, c'est que son vaisseau est beaucoup trop grand. Du reste, la petite cousine, à l'heure où vous lisez cette histoire, ne pense plus au petit lac, je le suppose ; elle est, depuis longtemps déjà, la femme de son cher ami Jacques, qui est devenu, lui, un des plus grands écrivains de la France, — un historien, s'il vous plaît. — Par exemple, sa femme lui recommande encore et plus que jamais de ne pas trop appuyer dans ses histoires sur les batailles, et je crois bien qu'il ne faut pas l'en blâmer. Cette trop grande part faite au récit des combats a poussé plus d'une folle nation, plus d'un prince ambitieux à la conquête de la gloire militaire ; cette gloire si belle pour celui qui la mérite en défendant son pays, je la trouve exécrable, sitôt que c'est en dévastant le pays des autres qu'on court à sa recherche.

Quant à la douce Marie, c'est elle qui navigue sur le vaisseau du capitaine Henri ; c'est une faveur qui d'ordinaire n'est accordée qu'à la femme même de l'amiral. Le dieu Mars est gouverneur de quelque chose dans une de nos colonies, colonel ou général ; il est resté fort lié avec le capitaine Henri. Ils ont même fait campagne ensemble plusieurs fois. La mère d'Henri s'est presque réconciliée avec les dangers de l'Océan ; elle parle des tempêtes sans pâlir, surtout quand elle sait que son fils n'est pas à bord. Le pauvre oncle qui avait mené Henri à la pension a sifflé longtemps encore sa marche favorite. Il y a quelques

années, hélas ! qu'il ne la siffle plus. Il la sifflait encore,
d'un souffle un peu plus faible, il est vrai, mais avec la
bonne humeur d'une âme tranquille, peu d'instants avant
de rendre sa bonne âme à Dieu. Son dernier mot a été :
« J'en étais bien sûr que ce petit Henri finirait par bien
tourner. Quand on a du cœur, il y a toujours de la res-
source ; mais ma pauvre sœur l'avait élevé comme une
femmelette, pour avoir peur de tout. Heureusement, il en
a réchappé. »

TYPOGRAPHIE FIRMIN-DIDOT ET Cie. — MESNIL (EURE).

J. HETZEL ET Cⁱᵉ, 18, RUE JACOB, PARIS

PETITE BIBLIOTHÈQUE BLANCHE

Broché, 1 fr. 50 — 42 VOLUMES GR. IN-16 ILLUSTRÉS — Toile aquarelle. 2 fr.

6493. — Paris, Imp. Gauthier-Villars, 55, quai des Grands-Augustins.